HARLEQUIN®

UN DESTINO DIFERENTE
Katherine Garbera

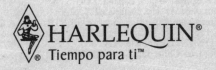

NOVELAS CON CORAZÓN

Editado por HARLEQUIN IBÉRICA, S.A.
Hermosilla, 21
28001 Madrid

I.S.B.N.: 84-396-9275-7
Depósito legal: B-40091-2001
Editor responsable: M. T. Villar
Diseño cubierta: María J. Velasco Juez
Composición: M.T., S.L.
Avda. Filipinas, 48. 28003 Madrid
Fotomecánica: PREIMPRESIÓN 2000
c/. Matilde Hernández, 34. 28019 Madrid
Impresión y encuadernación: LITOGRAFÍA ROSÉS, S.A.
c/. Energía, 11. 08850 Gavá (Barcelona)
Fecha impresion para Argentina:7.3.02
Distribuidor exclusivo para España: LOGISTA
Distribuidor para México: INTERMEX, S.A.
Distribuidores para Argentina: interior, BERTRAN, S.A.C. Vélez
Sársfield, 1950. Cap. Fed./ Buenos Aires y Gran Buenos Aires,
VACCARO SÁNCHEZ y Cía, S.A.
Distribuidor para Chile: DISTRIBUIDORA ALFA, S.A.

Capítulo Uno

Evan Powell maldijo al destino por hacer sonar el timbre de la puerta justo en el preciso momento en que salía de la ducha. Tener dos trabajos consumía todo su tiempo y toda su energía. Acababa de terminar su clase de artes marciales y estaba en el único momento del día en que podía relajarse y disfrutar. El timbre volvió a sonar. Quería abrir antes de que el ruido despertara a su padre.

Se enrolló una toalla marrón a la cintura y se miró en el espejo del baño. Parecía un tipo duro. La clase de hombre que lleva una vida complicada. Sabía que el espejo no se equivocaba. En todo caso, suavizaba su verdadera imagen.

Rogó a Dios para que fuera uno de los novatos el que estaba llamando. Quizás Hobbs, el fichaje más reciente, que todavía estaba muy verde. Un vecino o un turista saldrían corriendo hacia las montañas si lo vieran aparecer con esas pintas. De no ser porque en Florida no había montañas.

Cruzó con cara de pocos amigos la casa en penumbra. El reloj del abuelo dio la una en punto. Si su vaca favorita no hubiera elegido esa noche para dar a luz, él ya estaría acostado. Solo una emergencia podía justificar que alguien llamara a esas horas. Sopesó la posibilidad de ir a su cuarto y ponerse unos pantalones, pero desechó la idea. No se sentía muy hospitalario y no tenía ganas de vestirse. Hizo un alto en la vitrina del comedor dónde guardaba las armas y escogió su revólver. Un calibre cuarenta y cinco que se ajustaba a su mano. Algo a lo que nunca había prestado demasiado atención.

Puede que ponerse los pantalones fuera una opción, pero no había alternativa para el arma. ¿Desde cuándo la vida se había limitado a vivir o morir? Sabía que esa filosofía tenía mucho que ver con el entrenamiento que había recibido en Quantico.

Encendió la luz del porche, abrió la puerta y escondió el arma. Había una mujer en la entrada. Era rubia, muy delgada y llevaba el pelo liso. Tenía un corte en la cabeza, que sangraba levemente, y sus enormes ojos azules expresaban conmoción.

–He tenido un accidente –dijo.

Su voz era un poco aguda y sin acento. Se balanceaba de un lado a otro, por lo que Evan decidió sujetarla. El tacto de la auténtica seda entre sus dedos resultaba extraño. Por un momento quiso disfrutar la sensación de acariciar el lujo, pero no podía. La gente que se quedaba pasmada delante de los escaparates de las tiendas no podía terminar babeando sobre su propio cuerpo.

–¿Dónde? –preguntó al recordar que era el sheriff y que había prometido proteger y servir a los civiles.

Ella se giró y señaló en dirección a la serpenteante carretera y más allá, hasta la autopista. ¿Habría venido caminando desde el lugar del accidente? De ser así, la mujer tenía que estar agotada. La violenta luz del neón resultaba muy molesta y mostraba a las claras el estado de shock y el cansancio de aquella mujer. Su piel era tan blanca que parecía traslúcida. Quería tocarla. La carne no podía ser tan suave cómo prometía. Algo preocupado, comprendió que ella lo excitaba. Tenía que estar más cansado de lo que imaginaba si aquella mujer había logrado burlar sus defensas. Tenía que haber tenido un aspecto chic y sofisticado, a tenor de su indumentaria y su corte de pelo, y hasta cierto punto, así era. Pero había algo que la confería un aire de inocencia y fragilidad. Muy lejos de ese aburrimiento depravado al que tan a menudo se había enfrentado con la clase alta.

Esas emociones estaban fuera de lugar y resultaban extrañas con una mujer de esa clase. Su ex mujer Shanna tenía esa misma mirada zalamera, pero ni pizca de fragilidad o inocencia. De hecho, su ex esposa era una auténtica piraña nadando entre los bancos de hombres que la acechaban en busca de una presa fácil.

–¿Dónde está su coche? –repitió Evan.

–En la linde de su terreno. Al menos, creo que es su propiedad. ¿Es usted el dueño del rancho Rockin' PJP? Había una vaca y…

Su voz se fue apagando poco a poco, a medida que fue bajando la vista a lo largo del cuerpo de Evan y asumió que solo llevaba puesta una toalla. Abrió los ojos de par en par. Evan pudo cazar en su mirada un destello de especulación femenina antes de que el miedo se apoderase de ella. Forcejeó para liberarse, tirando de su brazo hasta soltarse. Evan dejó la pistola sobre la mesa del vestíbulo. Volvió a salir y la sujetó por los hombros antes de que tropezara con los escalones o se golpease en su desesperado intento de huir.

–¡Estese quieta, por favor! No voy a hacerle ningún daño.

Resultaba extraño tener que prevenirla contra él. Desde que ocupaba el puesto de jefe de policía, la gente acudía a él en busca de protección. Aunque podía entender la reacción de aquella mujer a tenor de su aspecto. No era precisamente tranquilizador. Era, en palabras del gracioso de su ayudante, un tipo duro. Pero a pesar de todo, muy poca gente salía corriendo al verlo. Y si lo hacían, era porque tenían una buena razón. Y esa mujer no tenía ningún motivo para temerlo.

Ella le dirigió una mirada altiva, revelando el aplomo y la elegancia sobre los que él había especulado momentos antes. Evan la soltó y apartó las manos.

—Soy el sheriff.

—¿Dónde está su chapa? Y no se le ocurra enseñarme el arma.

Evan contuvo la risa. Le agradaba el carácter de la mujer, pese a que lo hubiera interrumpido en mitad de la noche. Sintió ganas de tocarla de nuevo. Quería comprobar si respondía con la misma prontitud a la pasión como a la furia. Le hubiera gustado acariciarle los brazos con las manos antes de soltarla. Habría apostado su salario a que su tacto era igual de suave y aterciopelado. Ella tenía esa mirada mimosa y consentida.

—No se vaya. Iré a vestirme, buscaré mi insignia e iremos a ver su coche.

—De acuerdo —dijo ella más relajada.

La expresión de confusión y temor se desvaneció y dio paso a una tenue sonrisa.

—¿Quiere usted esperar dentro o se sentirá más segura aquí en el porche? —preguntó.

—Esperaré aquí fuera.

No podía culparla. Pese a que no tenía ninguna intención de hacerla daño, ella debía confiar solo en su instinto hasta que él pudiera probar sus buenas intenciones.

—Tenemos dos perros que vigilan la propiedad. Si aparecen por aquí mientras me cambio, no se asuste. No hacen nada.

Acto seguido, Evan entró y se perdió escaleras arriba.

–Igual que su amo –murmuró ella.

Si bien sabía que ella no pretendía que él lo oyera, Evan se detuvo a medio camino y se giró hacia ella.

–No lo crea, señorita. Yo sí que muerdo.

Ella se irguió y se puso tan recta que a Evan le recordó un marine de veinte años. Ella retomó la palabra, pero un brillo especial en su mirada confirmó a Evan que no estaba realmente enfadada.

–Yo no he dicho lo contrario.

Evan avanzó hasta ella y le pasó un dedo por la mejilla. Su piel era tan suave como había imaginado.

–Claro que sí, preciosa. Solo que no esperabas que te oyese.

Reculó, consciente de que si seguía a su lado demasiado tiempo se sentiría tentado…Tentado de volver a tocarla, con los labios. Tentado de sujetar su cuerpo delicado entre sus fuertes brazos. Tentado de olvidar su sentido común y tomar lo que la mirada enérgica de ella trataba de ocultar.

–Si no hubiera querido que lo oyera no lo habría dicho en voz alta.

A Evan le gustaba su valor.

–Soy su única esperanza de no pasar la noche a la intemperie. Haría bien en recordarlo.

–Lo haré –asintió ella–. Lo lamento. Estoy cansada y asustada.

Evan ablandó el gesto. Ella parecía frágil y solo deseaba reconfortarla. ¿Cuántas veces tenía que aprender la misma lección? A pesar de estar escarmentado, volvía a caer en la misma trampa.

Las mujeres no eran el sexo débil, tal y como el hombre había asumido durante siglos. Eran poderosas. Y nadie lo sabía mejor que Evan Powell.

–No se preocupe. De hecho, me parezco a los perros en algunas cosas.

–¿Qué cosas? –preguntó picada por la curiosidad.

«Soy leal y confiado» pensó. Pero prefirió no mostrarse vulnerable.

–Dejaré que lo adivine.

Dio media vuelta, consciente de que era innecesario un último comentario, pero no pudo reprimirse.

–Por cierto, encanto. No le enseño mi «arma« a cualquiera.

Evan la dejó en el porche, pero no cerró la puerta de la casa. Podía cambiar de opinión y entrar. Guardó la pistola en la vitrina antes de subir a ponerse unos pantalones. Nunca dejaba las armas al alcance de cualquiera.

Pensó en la mujer que lo esperaba en el porche. Se notaba a la legua que era de la gran ciudad. La clase de mujer con la que no convenía enredarse, pese a una parte de él quería hacerlo. Quería curarla la herida y acunarla en sus brazos. ¿Cómo era posible albergar un pensamiento semejante después de su experiencia? Evan no tenía una respuesta para eso.

Lydia no podía creer que estuviera en el porche de la casa del sheriff de alguna región remota. Florida resultaba sorprendentemente fría para el mes de mayo y daba miedo. Ruidos extraños acechaban en la oscuridad de la noche, y era incapaz de oír la bocina de algún coche o a algún taxista vociferando por la ventanilla. Ese extraño lugar no se parecía en nada a la propiedad que su tía tenía más al sur, en Deerfield Beach.

Pero no todo resultaba desagradable. El aroma de los naranjos en flor perfumaba el aire y la luna llena proyectaba divertidas sombras sobre la tierra. Respiró hondo y miró al cielo. Sintió un escalofrío y se abrazó para entrar en calor. Su traje de chaqueta y pantalón podía resultar muy atractivo de puertas adentro, pero en la calle ofrecía muy poca protección. Era caro, pero inservible. ¿Cómo ella?

Ese tipo de reflexiones eran demasiado deprimentes. Había destrozado el coche. No podía dar su nombre ni ninguna otra información a los policías. De hacerlo, se pondrían en contacto con su padre. Y ella no podía regresar a casa. Al menos, de momento.

Después del accidente, el ordenador del coche había dado la alarma de que una de las puertas estaba mal cerrada. Ella había comprendido que había algo en su interior que tampoco funcionaba correctamente. No podía volver atrás. Tampoco podía seguir hasta la casa de su tía Gracie porque su coche estaba siniestrado. Su futuro ya estaba escrito. El camino se presentaba largo y arduo desde donde ella estaba.

Tendría que improvisar sobre la marcha. Pero no se le daba bien tomar decisiones precipitadamente. La última vez que había intentado ser espontánea había encontrado a su novio en la cama con su amante. No quería recordar aquello.

Nunca había querido a Paul Draper, pero le gustaba y habrían tenido alguna oportunidad con un poco de buena voluntad. Pero Paul nunca había creído en el compromiso con una única mujer, especialmente con su esposa. Sorprender a Paul en la cama con otra mujer no le había roto el corazón. Pero sí la había llevado a pensar en si existía alguna razón para casarse que no fuera el amor. Se había marchado del apartamento de Paul sin hacer ruido y le había dicho a su padre que no iba a casarse. Por primera vez en su vida, su padre se había enfadado con ella y la había asegurado que se casaría con Paul. Al verse atrapada, Lydia había escapado durante la noche sin un plan, salvo salir de Nueva York.

En medio de la noche, había tomado una decisión desesperada que pudiera cambiar su destino. Tendría que ocupar el asiento del conductor si no quería tomar ese largo camino que, indefectiblemente, terminaba en el altar de la iglesia en septiembre. Tenía el verano para encontrar una alternativa. Tenía que encontrarse a sí misma antes de enfrentarse a la gran decisión. O bien accedía y se sometía a la voluntad de su padre o bien tomaba las riendas de su vida para siempre. Mientras caminaba hacia el rancho en busca de ayuda solo había llegado a una conclusión. Estaba decidida a no jugar el papel que su padre le había asignado.

Siempre se había sentido muy cercana a su progenitor, y la relación se había estrechado desde la muerte de su madre diez años atrás. Quizás por eso se había dejado engañar cuando él le había dicho que debía casarse por amor, nunca por dinero.

Había nacido fruto de una aventura y había vivido siempre en un elegante ático de Manhattan con sus padres, que nunca habían llegado a casarse. Se había educado en un internado exclusivo rodeada de hijos de músicos y políticos, y la situación de sus padres nunca había supuesto un problema. De hecho, su familia había sido perfectamente normal.

Su padre la arrastraría de vuelta a casa y la obligaría a casarse con Paul. Ella había creído que su padre respetaría la decisión de una mujer de veinticinco años, pero se había equivocado.

Hacía dos meses, había regresado de la oficina y había anunciado que debía estar casada con Paul en seis meses. Preguntó si tenía algún otro compromiso en mente. Lydia, pensando que se trataba de una broma, había dicho que no y que se veía como una solterona. Desde ese mismo instante, su padre había organizado su vida por completo. Había acudido a más citas a ciegas y cenas informales de las que jamás hubiera sospechado. Y había quedado claro que todos aquellos hombres solo la habían visto como un medio para conseguir algo.

Quería encontrar a su príncipe azul y dejarse arrastrar por él. Pero había comprendido que, en la vida real, el príncipe guapo y rico no siempre era un buen partido. Podía ser alguien frío y distante. Y desde luego, su ideal en la vida nunca la tomaría en broma.

No quería casarse en virtud de su posición social con un hombre que solo veía en ella una enorme cuenta corriente. Eso la hacía sospechar acerca de los sentimientos de Paul hacia ella, si albergaba alguno. Era el segundo de a bordo en la empresa de su padre. No tenía nada que ganar casándose con ella, salvo un montón de dinero.

¡Oh, vaya! Se estaba poniendo sensible. Era demasiado joven y valiente para ponerse melodramática en un momento así. Pero todavía no había asimilado la lección. Esa noche, estaba cansada, tenía frío y le dolía la cabeza. Suspiró y se sentó en uno de los escalones del porche. Quería taparse la cara con las dos manos, pero la herida de la cabeza no se lo permitía. Así que descansó la cabeza sobre sus rodillas.

Cuando el apuesto sheriff regresara, tendría que mentir si quería aparentar que no era más que una mujer que había tenido un accidente.

Ella amaba a su padre, pero no estaba preparada para volver a Manhattan. Seguía empeñado en casarla con Paul. Le había dejado una breve nota para que no se preocupara, pero lo conocía bien. Martin Kerr no la permitiría esconderse mucho tiempo.

Se preguntó si el sheriff creería que sufría amnesia. Lo dudaba. Además, en los culebrones, las víctimas de amnesia perdían instantáneamente la noción del tiempo y del espacio. Ella había malgastado su oportunidad. La verdad es que no se sentía muy capaz de inventar toda una historia.

Resultaría más fácil pensar en algo menos complicado. Ya se había encargado de esconder en la maleta la matrícula del coche para que no pudieran identificarlo. Y también había dejado en Nueva York su móvil para no verse tentada de responder a su padre. Tenía que idear una historia y un nombre falso. Y tenía que ser convincente, porque el sheriff parecía inteligente. También había hecho gala de un instinto depredador que había encontrado en muy pocos hombres. No iba a dejarse engatusar fácilmente. Le gustaba el sheriff. Le había gustado su figura delgada mientras hablaba con ella. También se había fijado en la línea de vello que descendía hasta perderse bajo la toalla, a modo de mediana que separase los músculos de su estómago. Y le había gustado la firmeza con que la había sujetado cuando ella había tratado de escapar. En especial, el hecho de que no la hubiera hecho daño.

Escuchó pasos y, de pronto, dos monstruos la rodeaban. Los perros, en su mundo, eran unos encantadores animalitos blancos con lazos rosas o amarillos en el pelo. Aquellos dos fantasmas querían comérsela viva. Entonces dos enormes lenguas ásperas empezaron a lamerle la cara y las piernas.

Lydia gritó y trató de ponerse en pie. Una mano fuerte la agarró del brazo y la levantó. Agradecida, se abrazó al sheriff. Sentía las lágrimas a flor de piel y la impotencia, no solo del momento, sino de toda una situación en la que su vida estaba en juego.

–¡Al suelo, chicos! –ordenó el sheriff.

Los sabuesos se quedaron quietos y, a un gesto de su amo, desaparecieron en la oscuridad. Lydia apenas podía controlar la respiración. El sheriff la frotó la espalda con la mano.

–¿Así que le gustan los perros? –preguntó lacónico.

–Me gustan los perros de los concursos. Están bien educados –replicó ella.

Lydia escuchó su propia voz, apenas audible, y se preguntó si él también era consciente de esa debilidad.

–Estos son perros de verdad para hombres de verdad, encanto. Nada que ver con esas mascotas que puedes encontrar en la ciudad.

–¿Cómo sabe que vengo de la ciudad? –preguntó alarmada.

¿Acaso él la conocía? Por primera vez desde que había vuelto, Lydia se paró a estudiar a Evan.

Se quedó sin respiración. Si le había parecido guapo con una toalla, resultaba mucho más atractivo vestido con unos vaqueros gastados y una camiseta negra. Tenía la capacidad de sonreír con la mirada y transmitía una enorme seguridad en sí mismo. No quería sentirse atraída por él porque tenía que engañarlo, pero sabía que no podría resistirse mucho tiempo.

Evan levantó los hombros y se rascó la barbilla antes de responder.

–Bueno, tiene la mirada de la gente de ciudad.

Evan no tenía ni idea de lo acertado de su respuesta. De hecho, ella tenía la mirada, puesto que había formado parte de una campaña publicitaria junto a su madre modelo cuando tenía quince años. Lydia se mordió el labio ante los recuerdos de su madre. Había sido asesinada en una acción terrorista.

–No sabía que las heridas en la cabeza y las ropas rasgadas estuvieran de moda este año –bromeó Lydia.

–A lo mejor inauguras una nueva tendencia.

Lydia dudaba mucho de que eso ocurriera nunca. Ella odiaba llamar la atención. Incómoda por el silencio que se había instalado entre ambos, Lydia quiso desviar la conversación hacia otros asuntos.

–Debería haberle pedido el teléfono para avisar a la grúa.

–Ya me he ocupado de eso. También he avisado a uno de mis ayudantes y a una ambulancia. Nos esperaran junto a su coche. Por cierto, aquí tiene mi insignia –añadió extendiendo la mano–. Vamos, llevaremos mi coche.

–Gracias.

Siempre había tenido todo lo que había deseado, pero montar en un todo terreno sería una nueva experiencia para ella. Si hubiera tenido que regresar andando hasta su coche, sus pies habrían protestado mucho. El coche tenía un pequeño escalón, gracias al cual Lydia pudo subir sin ayuda. Aun así, el sheriff le dio un pequeño empujón. Ella se sentó y se dio cuenta de que estaba a la altura del sheriff. Era un hombre muy alto. Tenía los ojos gris oscuro. Se sintió fascinada por la disposición de la luz sobre sus rasgos. Tenía el mentón cuadrado, fuerte. Era, en pocas palabras, un verdadero hombre. Un escalofrío recorrió todo su cuerpo y se concentró en lo más profundo de su cuerpo. Apostaría sus últimos cien dólares a que tenía la clase de músculos que no se consiguen en un gimnasio con una visita semanal. Pero no debía hacerse ilusiones.

Nunca había estado sola y la perspectiva era, por lo menos, amenazadora. Por un momento deseó estar de vuelta junto a su familia, recuperar su verdadera identidad y su cuenta en el banco. Pero también quería demostrar que era algo más que un artículo de lujo en venta al mejor postor.

–Gracias, señor –repitió.

–Me llamo Evan Powell. Llámame Evan, por favor –dijo.

–Gracias, Evan.

–De nada, señorita…

Quería saber cómo se llamaba. Tenía que pensar algo rápido. Lo más seguro sería dar su nombre. Podía usar su segundo apellido, que era como la llamaban sus mejores amigos. Utilizaría el nombre de su padre como apellido.

–Lydia Martin.

–Lydia –repitió Evan, saboreando el nombre con delectación.

Cerró la puerta. Rodeó el coche, momento que Lydia aprovechó para tomar aliento y respirar. El interior desprendía un aroma cálido y masculino. Igual que su loción de afeitado, comprendió Lydia cuando Evan subió al coche.

Encendió el motor y los acordes de la música llenaron la cabina. Evan se inclinó para apagar la radio y Lydia se fijó en sus manos. Eran el doble que las suyas. Se preguntó qué sentiría si aquellas manos acariciaran su cuerpo. Ese pensamiento la excitó y sus pezones se endurecieron contra el sujetador de encaje.

–¿Estás de visita? –preguntó Evan.

–No, solo de paso. Voy a Deerfield Beach a visitar a mi tía.

–¿Hacia dónde? –preguntó Evan cuando llegaron al cruce.

–A la izquierda.

El BMW estaba empotrado contra un poste de teléfonos. El golpe parecía mucho peor de lo que había imaginado al verlo iluminado con las luces del todo terreno.

–Me sorprende que pudieras caminar hasta mi casa.

–El cinturón y el *airbag* me han salvado la vida –explicó Lydia, consciente de que decía la verdad.

Estaba sorprendida de seguir con vida mientras miraba fijamente el amasijo de hierros frente a ella. Era como si le hubieran concedido una segunda oportunidad y quería aprovecharla. Si quería casarse por amor, tendría que buscar un hombre que valiera la pena. Las ideas que había sopesado tomaron forma y, por primera vez en su vida, tuvo la certeza de que había encontrado un objetivo. Y ese objetivo no era otro que encaminar su vida en dirección opuesta hacia donde la vida la había conducido hasta ese momento.

La policía, la grúa y la ambulancia llegaron casi a un tiempo. Lydia seguía sentada en la cabina del todo terreno. Se sentía como una princesa de cuento de hadas que acabara de despertar de un largo sueño. Solo que tendría que recorrer un largo camino antes de encontrar al caballero con el que vivir feliz por los siglos de los siglos.

Capítulo Dos

Ya resultaba bastante difícil sentirse atraído por una turista a la que, en virtud de su juramento, debía proteger y ayudar para descubrir que una de sus vacas había causado el accidente. Era la guinda a la noche. Lydia, que aún no se había identificado, no quería presentar cargos. Pero Evan sabía que tendría que hacerse cargo de la reparación del coche y pagar un par de noches de hotel. Pese a que el médico que la atendió temió que pudiera haber sufrido una conmoción cerebral, Lydia se negó a pasar la noche en el hospital. Evan sabía que no podía abandonarla en un hotel sin más.

–Puede quedarse conmigo esta noche –se ofreció.

El médico le indicó que debía despertarla cada dos horas y hacerle algunas preguntas para asegurarse de que no perdía la orientación.

–No quiero ser un estorbo –dijo Lydia una vez se quedaron a solas.

–No lo serás. Suelo alquilar habitaciones durante el verano.

–En serio, estaré bien en un hotel –aseguró Lydia.

–No tienes elección, preciosa. O vienes a mi casa o vas al hospital.

–Escúcheme bien, sheriff. No recibo órdenes de nadie.

–No es una orden. Estoy tomando una decisión

17

por ti. Estás algo conmocionada por el golpe y no estás en disposición de decidir.

Ella lo miró fijamente. Evan disfrutaba viendo cómo ella se debatía y le hacía frente.

–No pienso ir al hospital.

–Bien. En ese caso me encantará tenerte como mi invitada.

–¿No intentarás enseñarme el arma otra vez, verdad?

–No –rio Evan–. De momento, no.

Tardó unos minutos en localizar por radio a su capataz para indicarle que retirara el cadáver de la vaca de la carretera. Luego llamó a sus hombres para que arreglaran la valla que había quedado dañada. Hacía mucho tiempo que no encontraba a una mujer con la que poder discutir amistosamente. La mayoría de las chicas del pueblo nunca le hacían frente. Encontró a Lydia discutiendo con el conductor de la grúa, Boz Stillman.

–Escuche, señorita. Llevará dos o tres semanas reparar su coche. ¿Por qué no me deja llevarlo al depósito y se limita a cobrar el seguro? –preguntó Boz.

–El coche todavía puede funcionar. No quiero que lo declaren siniestro total –dijo Lydia.

–¿Está asegurado? –preguntó Evan.

La insistencia de Lydia en arreglar el coche lo hizo sospechar. Miró al ayudante de Boz que, junto al coche, estaba descargando unas maletas que por sí solas ya valdrían una fortuna.

–No –admitió Lydia quedamente.

–Boz, remolca el coche y arréglalo –dijo el she-riff.

–Hum…Evan, ¿podemos hablar un minuto? –preguntó Lydia.

Su voz sonaba dulce y tranquila, muy lejos de la

que había gritado pidiendo ayuda cuando los perros la habían acorralado en el porche.

—Claro. Danos un minuto, Boz.

Boz se alejó refunfuñando acerca del poco seso de las mujeres. Lydia se quedó de pie con la mirada puesta en la sirena del coche patrulla que lanzaba destellos rojos y azules.

—¿De qué querías hablar? —preguntó Evan.

—Esto no me resulta fácil —vaciló Lydia.

—Escúpelo —insistió Evan, que no podía creer que ella tuviera dificultades para decir lo que tenía en mente.

—En este momento no tengo dinero.

—¿No tienes tarjetas de crédito?

A los ojos de Evan, era la clase de mujer que podía llevar una cartera repleta de visas oro.

—No, no me siento cómoda usándolas —replicó, con la mirada baja.

—Deja que yo me ocupe de los gastos. Es lo menos que puedo hacer. Al fin y al cabo, una de mis vacas causó el accidente.

—No. Ya me estás pagando al permitirme pasar la noche en tu casa. Quizás busque un trabajo y saque lo suficiente para pagar el taller. Parece que llevará bastante tiempo arreglar el coche.

—Yo pagaré a Boz las reparaciones y tú podrás enviarme un cheque cuando llegues a casa de tu tía.

—Mi tía está fuera de la ciudad. Yo voy a hacerme cargo de la casa.

Evan sintió despertar la excitación por sus venas. Desde luego, ella tendría que quedarse una temporada.

—¿En qué trabajas? —preguntó Evan.

—En nada. Pero he trabajado mucho en obras benéficas.

19

Evan suspiró. Era una mujer sin ninguna experiencia. Desde luego, se sentía atraído por ella. No cabía duda de que debía alejarse de Lydia, pero...

–Tengo un montón de trabajo atrasado en la oficina. Puedes trabajar para mí mientras arreglan el coche. Yo me haré cargo de los gastos y te proporcionaré casa y comida. ¿Te parece bien?

–¿No necesitas pedir permiso para hacer algo así?

–¿Es que nunca te cansas de discutir? –dijo Evan, consciente de que ella tenía razón.

Lydia sonrió y su expresión le recordó a un hada traviesa.

–No, nunca.

–La verdad es que no me sorprende.

–Te agradezco mucho todo lo que estás haciendo por mí.

–Olvídalo. Deja que meta tu equipaje en el todo terreno y nos marchamos a casa.

–¿No tienes que quedarte aquí? –preguntó Lydia.

–No, a mi ayudante le vendrá bien un poco de experiencia.

A pesar de sus evasivas, Evan la deseaba con desesperación. ¡Demonios! Debería haber accedido a que se alojara en un hotel, pero no podía dejar que pasara la noche sola en una habitación. Por muy ridículo que pudiera parecer, quería vigilar su sueño mientras dormía.

Lydia se despertó en una habitación a oscuras. La respiración profunda y cadenciosa de alguien más la asustó. ¿Dónde estaba?

La ventana estaba abierta y la cortina ondeaba suavemente a causa de la brisa. Ruidos extraños provenían del exterior. Reconoció el sonido de las cigarras, los saltamontes y el lejano mugido de las vacas. Algo muy distinto de Manhattan.

La almohada era bastante dura y no se parecía nada a la suya, hecha con plumón de ave y tan ligera como una nube de algodón. Las sábanas también eran de algodón y llevaba puesto una especia de camisón con botones.

Se sentó y trató de identificar a la otra persona de la habitación. La asaltó un aroma familiar, masculino y salvaje. Una loción que conocía, pero que no era la que usaba su padre.

–¿Lydia? ¿Estás despierta?

Era la voz de Evan, el sheriff. Los acontecimientos de la noche se agolparon en su cabeza. Había sufrido un accidente de coche y en lugar de actuar de manera inteligente y decir la verdad, había tramado una historia absurda para no descubrirse. Pero por primera vez desde que su padre había anunciado públicamente que deseaba comprar un marido para su hija, Lydia se sentía libre. Dejó a un lado los sentimientos de melancolía y vulnerabilidad y saboreó su nuevo estado en libertad.

El reloj despertador iluminaba un poco la mesilla y señalaba las seis y cuarto. Era la segunda vez que se despertaba. La primera vez la había despertado él, pero todo había resultado un poco vago y molesto porque estaba demasiado cansada. Este hombre no quería nada de ella. No le importaba que tuviera una ingente cantidad de dinero. La preocupación que había mostrado respondía a un acto de bondad espontáneo y natural. Puede que fuera algo brusco, pero tenía buen corazón. No lo había notado solo en cómo se había portado con ella. También en la manera en que había tratado con los hombres en el lugar del accidente.

–Sí, sheriff. Estoy despierta.

Evan se acercó hasta la cama. Sonó un clic y se encendió la luz de la mesilla.

–Creí que estábamos de acuerdo en que me llamarías Evan.

Estaba despeinado y parecía dormido. Lydia sintió ganas de abrir los brazos, dejarlo un hueco en la cama e invitarlo a descansar junto a ella. Un instinto animal primario la indujo a ese pensamiento.

–Tienes razón, Evan.

–Eso está mejor –dijo él, acariciando su mejilla.

El contacto de su piel despertó en ella una calidez que no tardó en propagarse a todo su cuerpo. Los impulsos eléctricos eran los precursores del deseo. Nunca antes Lydia había sentido nada igual. Nunca había querido que un hombre se quedara con ella después de una caricia o un primer beso. Había disfrutado ese momento y había lamentado el instante en que Evan había apartado la mano.

–Es mejor que me ponga a trabajar antes de ir a la ciudad. Puedes tomarte el día libre y empezar mañana en la oficina. Mi padre vendrá a despertarte dentro de dos horas para asegurarse de que estás bien.

Lydia asumió que a Evan le gustaba dar órdenes.

–Sí, señor –respondió con cierta irreverencia.

–Esa boca tuya te traerá más de un problema.

–Nada que no pueda manejar –replicó coqueta.

¿Volvería a acariciarla si se sentaba? ¿Podría incitarlo para que la besara?

Volvió a sentarse y dejó que el camisón le cayera hasta la cintura. Evan siguió con la mirada la caída de la tela y se detuvo en el obstáculo de sus pechos antes de desviar la mirada.

–Estoy seguro –afirmó y fue hasta la puerta.

–Evan.

Él la miró por encima del hombro. Al amparo de la oscuridad, su expresión resultaba inescrutable.

–Lo siento.

Evan volvió sobre sus pasos, la sujetó por los hombros y la acostó. La arropó con las sábanas hasta el cuello y dejó las manos sobre su cuerpo. Ella quería removerse y acercar su tacto hacia las partes magulladas de su cuerpo.

–No me provoques, Lydia. De lo contrario, tomaré lo que me ofreces con más pasión de la que nunca has conocido.

–No estaba flirteando.

–¿Qué hacías?

–No lo sé. Es que cuando me has tocado…

–¿Qué?

–Ha sido cómo probar el chocolate más dulce que puedas imaginar. Solo quería un poco más.

–Ahora no –dijo Evan.

–No, ahora no –aceptó Lydia.

Evan caminó de nuevo hasta la puerta. En el momento en que salía al pasillo, Lydia se incorporó sobre un codo.

–Evan, no creo que una sola prueba logre satisfacerme.

–Yo tampoco –replicó Evan antes de desaparecer.

–Hay una mujer en casa.

–Sí, papá. Así es –respondió Evan sin levantar la vista.

–¿Por qué? –preguntó Payne.

–Tuvo un accidente anoche al intentar esquivar a una de nuestras vacas.

Evan cerró la puerta del cuarto de herramientas y fue hacia la casa. Su padre lo siguió. A veces, Evan se preguntaba si su padre se sentía solo viviendo en el rancho sin más compañía que él y su cuadrilla. No dejó de vigilarlo con el rabillo del ojo.

–Tenemos seguro –dijo Payne.

–Tiene una herida en la cabeza –asintió Evan.

–¿Conmoción cerebral? –preguntó Payne al entrar en la cocina.

Los dos hombres se sentaron para quitarse las botas. Esa había sido una de las normas que la madre de Evan había establecido. No se admitían las botas sucias en la casa. Hacía más de veinte años que había muerto, pero ellos seguían sin ensuciar de barro el suelo de la cocina.

–No lo creo. Pero no estamos seguros.

–Eso es bueno. ¿Cuándo se marcha?

–No tiene dinero. Voy a ponerla a trabajar en la oficina hasta que gane lo suficiente para pagar el taller.

–¿Estás seguro de lo que haces, hijo?

Evan asintió.

–Se parece un poco a Shanna.

–Lo sé.

–Veo que no lo has olvidado.

Evan se sentó a desayunar tratando de olvidar el significado de las palabras de su padre. Shanna había sido una niña malcriada y aunque había estado enamorada de él desde el colegio, no había podido resistir quedarse en el pueblo. Había implorado a Evan que regresaran a Washington y que aceptara volver a su antiguo puesto en el FBI. La vida en el rancho no era lo que ella había previsto. Pero Evan no la amaba lo suficiente como para abandonar a su familia y su hogar. Y ella tampoco lo amaba a él.

Su vida se había vuelto caótica cuando ella lo había abandonado por las candilejas de la gran ciudad. Pero Evan había aprendido la lección. No necesitaba que su padre se lo recordara. Solo pensaba en tontear con Lydia. Y era más un sueño que otra cosa. Si ella se quedaba, tendría a Payne y otra docena de hombres para hacer de carabina. Los dos hombres se tomaron unos cereales sin decir nada. El silencio resultaba agradable para los dos, aunque por razones diversas.

Sonó el teléfono y Payne respondió. Señaló a Evan con un gesto. Se levantó y fue hasta la otra habitación.

–¿Qué hay, Hobbs?

–He hecho circular la descripción de la chica y del coche, pero aún no he encontrado nada.

–Esta bien. Le echaré un vistazo esta tarde.

Lydia cruzó junto a la puerta en el momento en que Evan colgaba.

–¿Lydia?

–¿Sí? –respondió.

Evan comprobó que las luces de la noche anterior no le habían engañado. Era todavía más guapa a la luz del día. Llevaba el pelo rubio recogido en un moño. Había aprendido de su madre a reconocer los distintos estilos de peinado.

–No hemos podido encontrar tu nombre en el ordenador para comprobar que se trata de tu coche. Tendré que pedirte que lo deletrees.

–De acuerdo –dijo, después de vacilar un momento.

–¿Espero que no haya ningún problema?

Estaba lívida y sus ojos, de un azul zafiro, esquivaron su mirada. Vestía un vestido corto de verano de tirantes y una falda. Tenía unas piernas de infarto. Evan suspiró al pensar en esas piernas abrazando su cintura.

Pero tenía que pensar en los negocios. La herida en la frente había desaparecido bajo la suave capa de maquillaje.

–No. Pero el coche no está a mi nombre –mintió Lydia. Y eso era algo que no se le daba demasiado bien.

–¿Sabes que podemos saber quién eres a través del número de identificación del coche, verdad?

–¿En serio?

Evan asintió. Ella se acercó. Un intenso perfume se adueñó de sus sentidos y Evan solo puedo pensar en buscar el cuerpo de Lydia y encontrar la fuente de un aroma tan penetrante.

–¿Creerías en mi palabra si te dijera que no he hecho nada ilegal y que el coche es mío?

Su mirada era inocente. Evan no creía que hubiera actuado al margen de la ley. Había algo en los ojos de un criminal que nunca se olvida.

–Puede.

–¿Puede? ¿Qué hace falta para que respondas un sí? –preguntó, acariciando con su dedo el mentón de Evan.

–Más que una simple prueba –dijo dando un paso atrás.

A Evan le gustaba flirtear con una mujer tan descarada. No sabía lo mucho que lo había echado de menos hasta ese preciso momento. Si se quedaba en la habitación un segundo más con aquella mujer iba a perder el buen juicio y a besarla. Tomaría esos labios perfectamente pintados y no los soltaría hasta que Lydia se olvidara de todas las patrañas que le estaba contando.

–Bueno. Esto es todo lo que puedo ofrecerte de momento –dijo Lydia.

–Ven a la cocina a desayunar –invitó Evan–. Te presentaré a mi padre. Ya me contarás porque usas un nombre falso de camino a la ciudad.

Evan la acompañó en silencio hasta la cocina. No podía dejar de mirar el movimiento de sus caderas a cada paso. La excitación fue creciendo en su interior. La deseaba y ella debía saberlo. Siempre había sido como un libro abierto cuando estaba caliente. Una vez más se encontraba en la encrucijada. Una mujer mentirosa a la que deseaba más que nada en el mundo. Se había equivocado una vez, pero no tropezaría dos veces en la misma piedra.

Capítulo Tres

Quedarse en la pequeña localidad de Placid Springs, en Florida, iba a ser toda una experiencia. Llamarlo una ciudad sería demasiado benévolo. La calle principal tenía una única señal de tráfico y no había por ningún lado unos grandes almacenes. Había acompañado a Evan a la oficina del sheriff porque no soportaba quedarse a solas con sus pensamientos. La oficina estuvo asediada por admiradores y curiosos la mayor parte de la tarde. Todos los habitantes del pueblo se conocían entre sí. Aparentemente, ella era la primera persona que se empotraba contra un poste de la luz al tratar de evitar a una vaca.

–La mayoría de la gente frena, señora. Las vacas no tienen por costumbre embestir –señaló un viejo lugareño.

Lydia estaba entre la espada y la pared. Evan reunía todas las cualidades de las que carecían los hombres con los que se había citado a lo largo de su vida. Y después de haber conocido al padre de Evan, un hombre amable, no era probable que Evan comprendiera lo exigente que podía llegar a ser el suyo.

El mecánico había llamado. Tardaría dos semanas en arreglar el coche. Deseó que su tía Gracie estuviera en casa para que pudiera mandarle por giro postal un poco de dinero. Pero debía solucionar el embrollo ella sola.

–Todavía no aparece tu nombre en el ordenador.

Lydia se estremeció y se giró para sostener la mirada gélida del sheriff. Había intentado dar con una solución que apaciguara los ánimos y que la concediera un poco más de tiempo.

–Yo…

–¿Sí? –preguntó con hastío.

Lydia hundió el rostro entre sus manos. ¡Maldita sea! Nunca se le había dado bien mentir. Sintió la mano de Evan sobre su hombro. Eso hizo que, por un momento, se sintiera segura. Se había concedido una nueva oportunidad y dependía tan solo de ella construir esa nueva vida sobre la mentira o sobre la verdad. Lydia suspiró y miró directamente a Evan, el apuesto sheriff de un pequeño pueblo.

–Mi nombre no aparecerá en el ordenador.

–¿Por qué no? –preguntó Evan sin alterarse.

–Porque es un nombre falso.

–¿Por qué mientes?

–Me estoy escondiendo y aún no estoy preparada para que me encuentren.

–¿De quien te escondes?

–Preferiría no decir nada, de momento.

–Me temo que tengo que insistir.

–¿De veras?

–Sí, de veras.

Lydia no quería mentir. En vez de eso, pestañeó varias veces y se humedeció el labio inferior con la punta de la lengua. Evan no perdió detalle. Lydia se inclinó hacia delante y encogió los hombros hasta que el escote de su blusa se abrió.

–Encanto…

–¿Sí? –replicó Lydia con voz seductora.

–Aunque acepte tu invitación, seguiré queriendo respuestas.

Si él aceptaba esa invitación, ella se rendiría enseguida. Una sola relación era demasiada poca experiencia para hacer frente a un hombre como Evan.

–No era una verdadera invitación.

–¿Y qué demonios estabas haciendo?

–Quería distraerte –señaló Lydia.

–Casi lo consigues.

–¿Qué tendría que hacer para lograrlo?

Evan se acercó a ella hasta que Lydia pudo sentir su aliento sobre su piel y vislumbrar reflejos azulados en sus ojos grises. Quería alejarse de allí. Su instinto de supervivencia le decía que escapara de inmediato, pero la nueva Lydia no se batía en retirada.

–Algo más que simple lujuria, pero sin llegar al amor.

Esas palabras hicieron mella en Lydia. Todos los hombres querían divertirse sin comprometerse.

–No se me da bien la lascivia.

–Bueno, encanto, yo diría que lo estabas haciendo muy bien –dijo Evan–. ¿Estás preparada para contármelo todo?

–Aún no. ¿Puedoz tomarme un descanso?

–Hasta esta noche –aceptó Evan.

–De acuerdo, esta noche –accedió Lydia–. ¿Dónde voy a trabajar?

–Ven, te enseñaré tu mesa.

Lydia lo siguió por el pasillo. Pensó que la forma en que el pantalón del uniforme se ceñía al cuerpo de Evan rozaba la ilegalidad. Tenía un bonito trasero. Se preguntó si tendría las nalgas prietas, igual que los músculos de su cuerpo desnudo en los que se había fijado la noche anterior. Sus dedos vibraron impelidos por la necesidad de acariciarlo. Y esta vez había un verdadero interés en hacerlo.

–Esta será tu mesa –señaló Evan.

Era una mesa antigua y en mal estado, repleta de carpetas y papeles amontonados sin orden. Un auténtico caos.

–No creo que me quede el tiempo necesario para poner al día todo esto.

–Parece peor de lo que es.

–Eso mismo dijiste acerca de tus perros –indicó Lydia.

Evan la miró con simpatía. El silencio creció entre ellos. Lydia sabía que tenía que dejar de pensar en la boca de Evan y en cómo sería besarla. Y, a tenor del oscuro deseo que transmitía su mirada, debía ser algo espectacular. Tenía unos labios firmes y acordes al resto de su cuerpo. Se preguntó que sentiría si juntaba esa boca con la suya. ¿Besaría con desgana, igual que lo hacía su prometido? ¿O scría más apasionado? Pero estaba fuera de su alcance. Ella no deseaba más lujuria y menos amor, tal y como él había especificado.

–Un penique por tus pensamientos –dijo Evan.

¿Qué podía decir? La antigua Lydia guardaba una docena de respuestas que la hacían pasar por una vividora superficial. Pero la noche anterior había comprendido que la vida podía ofrecerle mucho más que un matrimonio de conveniencia y le tocaba a ella buscar ese nuevo camino.

–Pensaba en ti –admitió haciendo acopio de todo su valor.

–¿En qué exactamente? –preguntó Evan y dio un paso hacia delante.

Los sonidos que provenían de la oficina eran apenas audibles en el pequeño cubículo en el que estaba su mesa de trabajo. La figura de Evan, frente a la puerta, bloqueaba la entrada casi por completo. Era un hombre muy grande. Grande, fuerte y honesto. Pese a que se moría de ganas, Lydia sabía que nunca entablaría una relación con él. Era el tipo de hombre que no toleraba las mentiras. Y menos de una persona con la que hubiera llegado a intimar. Eso le produjo cierta tristeza.

Ese pensamiento la golpeó porque no había comprendido todavía la magnitud de lo que sentía por ese hombre. La lujuria era un sentimiento nuevo para ella y no estaba segura de lo que sentía.

—¿Lydia?

Ella levantó la vista. De nuevo encontró esa mirada fría como el acero. Debería inventar cualquier cosa, pero no quería mentir acerca de lo que sentía por él. Tenía que mantenerse fiel a la verdad, excepto en lo relativo a su identidad.

—¿En qué estabas pensando? —repitió Evan.

Lydia tomó aire y, por primera vez desde que se habían conocido, decidió decir la verdad de un tirón.

—Pensaba en cómo sería besarte, pero luego recordé tus palabras.

Evan se quedó de piedra. Obviamente, no esperaba un arranque de honradez después de que ella hubiera mentido sistemáticamente desde el principio. Ladeó la cabeza y se echó a un lado, actuando con mucha soltura. Evan era directo y no usaba tretas seductoras como ella.

Lydia sintió la calidez de su cuerpo antes de que se acercara lo suficiente para que su pecho rozara los suyos. Levantó la cabeza para mirarlo. Los ojos gris plata eran una delgada línea y sus labios estaban entreabiertos. Aspiró su aliento cuando Evan se acercó. Aún olía al primer café de la mañana. Lydia cerró los ojos y dejó que todas esas sensaciones inundarán sus sentidos.

–¿Lydia? –llamó Evan con voz ronca.

Ella abrió los ojos. Había deseo en la mirada masculina. Ella sabía que él también sentía curiosidad por besar a una mujer como ella, sin dinero y sin ataduras. Una mujer normal. Lydia notó el pulso acelerado y abrazó a Evan. El uniforme de algodón, perfectamente almidonado, era nuevo. Deslizó sus dedos sobre la tela, procurando sentir la piel que se escondía debajo. Era la clase de hombre que nunca se dejaría comprar por dinero. Era la clase de hombre que vivía según sus propias reglas. Y según se inclinaba hacia ella, Lydia asumió que era la clase de hombre que podía enseñarla más sobre la vida que el lado puramente salvaje. Podía ayudarla a encontrar su lugar en el mundo.

Lydia se puso de puntillas para llegar a la altura de sus labios. Pero perdió el equilibrio y resbaló, rozando con sus pechos el cuerpo de Evan. Sus pezones se endurecieron y la sangre que corría por sus venas se hizo más densa. Evan adaptó el cuerpo y ella cerró los ojos.

–¿Sheriff?

–¡Maldita sea!

Evan fue hasta la puerta. Lydia dejó caer los brazos y entrelazó los dedos. Uno de los ayudantes del sheriff asomó por la puerta.

–Teléfono.

Evan se mesó los cabellos y salió del minúsculo despacho sin mirar atrás. ¿Qué había ocurrido?

Lydia se apoyó en una esquina de la mesa y rodeó su cintura con los brazos. El corazón le latía con fuerza, la sangre se agolpaba en su cabeza y todo su cuerpo clamaba por recuperar el contacto con ese hombre. Evan Powell lograba que se sintiera viva. Comprendió que no se quedaba en Placid Springs solo para encontrar su camino. Quería pasar más tiempo en compañía del sheriff.

Una cálida brisa entró por la ventanilla del coche de Evan. Lydia miraba el paisaje, como si pudiera descubrir los secretos del universo en la naturaleza. Había estado pensativa y algo retraída desde su último encuentro. Evan se preguntaba de qué estaba huyendo.

Tenía esa mirada consentida de las mujeres ricas. Eso le concedió una pausa. Por mucho que la deseara o que ella flirteara con él, no estaba dispuesto a pisarle el terreno a otro hombre.

Nunca había puesto en duda su capacidad para mantener el control. Desde que su ex mujer lo había abandonado, siempre se había mantenido firme. Pero a pesar de su constancia y de que cabía la posibilidad de que Lydia fuera una mujer casada, no podía refrenar el deseo de acariciar los muslos que asomaban debajo de la falda.

La dulce voz de Lydia, que canturreaba las canciones de la radio, junto a la brisa y los aromas de la tierra, despertaban en él deseos que no tenía derecho a albergar. Sentía la imperiosa necesidad de aparcar el coche en un descampado y confesar sus sentimientos. Y saciar todas sus pasiones con esa mujer hasta perder la noción del tiempo. ¡Demonios! Lydia reclamaba su alma igual que Washington había despertado sus sueños más íntimos. Ella representaba todo lo que el mundo podía ofrecer más allá de Placid Springs. Algo que él ansiaba, pero que no tenía. Todo el mundo en el pueblo se había acercado a la oficina para conocer a la chica y comentar el accidente de coche. En ese momento, Lydia era tan suya como del resto del pueblo. Pero Evan la deseaba.

Prefería no haber pensado nunca en besarla. Pero al hacerlo, había proporcionado a su mente un tema en el que pensar. Imágenes y texturas corrían por su cabeza. Lydia montada a horcajadas sobre su cintura, la falda flotando en el aire mientras ella lo envolvía por completo. La tersura de su piel y de su boca. El suave y embriagador aroma de una mujer.

–¿Evan?

Haciendo un esfuerzo, apartó de sí esos pensamientos y regresó al presente. La miró desde el asiento del conductor.

–Lamento lo de esos papeles –se disculpó Lydia.

Había confundido el fax con la trituradora de papeles. Fuera lo que fuera de lo que estaba huyendo, no había sido secretaria en su vida.

–No te preocupes.

–¿Vas a despedirme? –preguntó minutos después.

–No.

–¿Estás enfadado por algo?

–No estoy enfadado. Y deja de utilizar ese lenguaje infantil conmigo, ¿quieres?

–Lo siento, vaquero. ¿Cómo quieres que me exprese?

–No lo sé. Ha sido un día muy largo –semtenció Evan–. Quiero un poco de silencio.

–¿Seguro que no ocurre nada más?

–Sí, seguro.

–Puedes contarme tus problemas. Me haría feliz actuar como tu caja de resonancia.

Acto seguido, Lydia puso la mano sobre su muslo.

–No, gracias.

–En serio. Soy buena escuchando. A no ser que yo no te guste.

–Sí me gustas, Lydia.

–¿Y cual es el problema?

–Eres divertida, sexy y reúnes todas las virtudes que me atraen de las mujeres de la gran ciudad. Pero no vas a quedarte. E ir más allá de compartir el despacho sería un error para ambos.

–Yo estaba hablando de trabajo.

–Estabas coqueteando –dijo Evan, con la vista puesta en la mano que todavía descansaba sobre su pierna.

Apresuradamente, ella quitó la mano. Las entrelazó sobre su regazo y se aferró a la verdad.

–Sí, estaba coqueteando. Creí que estabas interesado en mantener una relación, sin ningún compromiso.

–Solo dije que eso haría que dejara de hacerte preguntas.

–¿Así que no estás interesado? –preguntó Lydia.

–Eres un problema que no necesito. No soy un hombre al que le gusten la aventuras esporádicas, Lydia.

–Ya lo sé.

Evan disminuyó la velocidad y tomó la carretera que llevaba a su propiedad. Mientras conducía a través del camino de tierra, el silencio impregnó la cabina igual que la fruta podrida impregna el aire. Frenó y Lydia salió del coche antes incluso de que Evan apagara el motor.

–Lydia –llamó Evan.

Lydia no se dio la vuelta. Una parte de ella quería hacerlo. No podía explicarlo, pero sentía que Evan era algo así como su alma gemela. El amor que sentía por su comunidad, la tierra y el silencio. Esas eran las cosas por las que su alma había suspirado siempre, pero que nunca había tenido.

El sonido de la gravilla bajo las botas anunció a Lydia que Evan estaba justo a su espalda antes incluso de que la tocara. El tacto de su piel la quemaba a través de la fina capa de seda de la blusa. Deseó llevar puesto un camisón de noche sin tirantes, de modo que pudiera sentir sus manos sobre la piel. Respiró hondo, tratando de esconder sus emociones. Pero no quería construir su nueva vida sobre la mentira.

–Yo tampoco soy una persona promiscua. Puede que no esté familiarizada con un sitio como este, pero mi actitud no ha sido maliciosa.

Evan le dio la vuelta con delicadeza. Sus ojos estaban ocultos por unas gafas de sol y su expresión era dura. Se preguntó cómo había llegado a la curiosa conclusión de que ese hombre fuera su alma gemela.

–Lo sé. Pero te deseo con toda mi alma.

–¿Me deseas?

–¡Claro que sí! No me digas que no lo has notado.

–Ningún hombre me ha deseado hasta ahora –musitó para sí.

–Me cuesta creerlo –señaló Evan.

–Oh, Evan.

–¿Qué?

Su voz sonaba frustrada e irritada. Ella no podía evitarlo. Lo abrazó por el cuello y lo besó. Todavía se estaban besando cuando Evan la estrechó con fuerza entre sus brazos y soltó un gruñido sordo. Sujetaba su cabeza con la mano y su boca buceaba en la suya. Lo había besado de manera informal, una suerte de agradecimiento, pero Evan no era esa clase de hombre. Mucho menos si se trataba de besar a una mujer.

Ella se dejó arrastrar por su pasión. Evan deslizó la otra mano por la espalda de Lydia y recorrió cada curva de sus nalgas. La lengua de Evan no tardó en vencer la resistencia de Lydia, que aceptó al húmedo huésped en su interior. Quería más. Su corazón latía con fuerza y su cuerpo se estremecía. Sus pechos esperaban una caricia y se sentía vacía por dentro.

Quería que ese beso no terminase nunca. Quería que Evan la tomara en brazos y la llevara hasta el dormitorio. Una vez allí, quería que la arrancase la ropa y le hiciera el amor salvajemente a la luz del crepúsculo.

Lydia retrocedió, asustada por la intensidad de sus emociones. Evan estaba excitado y la miraba fijamente. Ambos respiraban con dificultad. Lydia deseaba volver a besarlo y recuperar la calidez de su tacto. En el momento en que Evan se inclinaba para seguir, su cuerpo se regocijó, pero en su cabeza se encendió la señal de alarma. Sabía que ese hombre podía hacerla cambiar para siempre. Sentía que había renacido y la asustó notar tanta vulnerabilidad.

El grito agudo de un bebé los separó de pronto. Una parte de Lydia sintió alivio, pero otra parte, más profunda, asumió que se había interrumpido algo maravilloso, y lamentó esa pérdida.

Capítulo Cuatro

–Ven a ver esto –dijo Evan.

Levantó del suelo un moisés de mimbre con un bebé rosado en su interior. Evan hablaba con suma dulzura y a Lydia le resultó extraño en un hombre tan grande. Se acercó al hombre y al bebé con cierta turbación. No sabía nada de niños y nunca había estado con uno…salvo en el caso del hijo de su mejor amiga, que había vomitado sobre su recién estrenado vestido de Vera Wang durante el bautizo el verano pasado. El bebé lloraba cada vez más fuerte. Lydia sintió lástima por él. Debía estar asustado. Tenía que admitir que su instinto maternal no iba más allá de maravillarse con la nueva colección para niños de Baby Dior, pero la emocionaba ver a aquella criatura que, como ella, estaba sola e indefensa en el mundo.

Rodeó a Evan y miró al bebé, que seguía llorando con amarga insistencia. Notó cómo se le derretía el corazón. El bebé no había derramado una sola lágrima y su cuerpo menudo luchaba para comunicar su rabia. Envuelto en una sábana vieja, pero limpia, el bebé era completamente distinto a ella. Lydia agradeció en silencio que su padre siempre hubiera sido capaz de sacar petróleo de la nada.

Pasó su dedo por la mejilla del niño que reaccionó girando la cara hacia ella. El bebé trató de mamar de su dedo. Eso no hizo que Lydia retirara la mano. Por primera vez, ella suponía algo diferente en la vida de otra persona. ¡Vaya!

Evan levantó la barbilla de Lydia y ella leyó una emoción indefinible en su mirada. Evan, con su mano libre, le acarició la mejilla. Lydia sintió una serie de escalofríos recorrer su cuerpo en cascada. El tacto de su mano era áspero y masculino. Eso la hacía sentirse femenina y atractiva. Ese nuevo contacto reanimó un deseo que todavía seguía latente. Evan tomó al niño en sus brazos y una nota cayó al suelo.

—Toma a Jasmine un momento —dijo Evan.

Aunque Lydia había disfrutado con un primer contacto, no tenía la menor idea de cómo sujetar al bebé. Levantó a la niña por la cintura con ambas manos.

—¿Cómo sabes su nombre? —preguntó.

—Lleva su nombre bordado en la manta.

—Oh.

—¿Qué estás haciendo?

—Sujeto al bebé.

—Acúnala en tus brazos.

—¿Cómo?

Evan se quedó unos segundos parado y luego colocó al bebé sobre el pecho de Lydia. Al hacerlo, rozó uno de sus pechos, y su mano quedó un momento atrapada entre su seno y la cabeza del bebé. Ella lo miró a los ojos, que habían perdido esa frialdad glacial de minutos antes. Había una pasión que borraba todos los problemas superficiales de la jornada de trabajo y llegaba directamente a su corazón. La respiración de Evan rozó su mejilla y Lydia deseó aproximarse un poco más a él y unir sus labios de nuevo. Quería sentir toda la fuerza de la pasión entre un hombre y una mujer en vez de guardar las distancias.

Los perros ladraron y Evan dio un paso atrás. Lydia se sintió despojada y sola mientras Evan se agachaba a recoger la nota del suelo. El bebé buscaba instintivamente el pecho de Lydia mientras ella lo acunaba.

–¿Qué dice la nota? –preguntó con un tono de voz que ella misma no reconoció.

–Dice que su madre no está preparada y que el padre no sabe nada de ella.

Lydia pensó en la suerte que había tenido con sus padres que, a pesar de las circunstancias, siempre habían estado a su lado.

–Es muy triste.

–Ocurre muy a menudo.

–¿Qué vamos a hacer con ella? –preguntó Lydia.

–¿Nosotros?

–Bueno, a mí también me gusta aunque no sepa cómo acunarla –dijo, mientras el bebé se afanaba en chuparle el dedo otra vez.

–¿Estás segura?

–Sí. Es tan dulce. Respira inocencia y huele a polvos de talco.

–Eso es ahora. Espera a que tengas que cambiarle los pañales.

Lydia comprendió que había un montón de cosas acerca de los bebés que ella ignoraba. El bebé dependería completamente de ellos hasta que las autoridades se hicieran cargo y le encontraran un hogar de acogida.

–¿Qué ocurre? –preguntó Evan para romper el silencio.

–No me daba cuenta de lo poco que sé acerca de los niños.

–Está bien. No eres la clase de mujer que demuestra amplios conocimientos sobre la crianza de los niños.

Esa puntualización era la clase de comentario que solía hacerle su prometido. Ser una bobalicona con más dinero que cerebro y sin sentido común. Procuró ser lo más honesta que pudo con Evan. De hecho, era el único hombre con el que había pasado un buen rato en un ambiente franco.

–¿Qué clase de mujer dirías que soy? –preguntó con calma.

Pero Lydia ya conocía la respuesta. Se la había oído a su padre, que pensaba que las chicas guapas no necesitaban aprender a cocinar o a llevar la casa.

–Me recuerdas a mi ex mujer. Siempre estaba lista para ir a una fiesta o salir a cenar. No era la clase de mujer que buscara formar una familia.

Pese a que había algo de verdad en sus palabras, Lydia odiaba que la prejuzgaran con tanta ligereza. En el fondo de su corazón, ella sí quería formar una familia. Pero nunca había tenido la oportunidad de pasar algún rato con niños. Todos sus amigos tenían niñeras que cuidaban de sus retoños mientras ellos esquiaban en Vail o salían de compras por París.

–Yo no soy tu ex mujer.

–Amén –sentenció Evan.

Sin saber qué decir, Lydia dio media vuelta y entró en la casa con la niña en brazos. Se quedó parada en la penumbra del pasillo abrazando a Jasmine contra su pecho. Había una aceptación sincera por parte del bebé que la hizo sentir que era querida por ser cómo era. Era como si Jasmine necesitara algo que solo ella pudiera proporcionarla. Era como si la vida le hubiera indicado finalmente su verdadero lugar.

Evan creía que ella no sería capaz de jugar ese

papel. Estaba viviendo un día frenético. Quería experimentar la vida real por sí misma, pero no tenía ni idea de que pudiera resultar tan dolorosa.

Evan la vio marchar y se maldijo por su falta de tacto. Los brillantes ojos azules de Lydia se habían oscurecido un poco cuando él la había acusado de ser una chica frívola. Estaba anocheciendo y el último rayo de sol lamía el horizonte. Para un buen día, se había estropeado muy rápido. Ya no tenía ningún sentido besar a Lydia.

Aunque la tentación seguía siendo muy grande. Todavía la deseaba. La única forma en que podía relacionarse con una chica de ciudad era llevándola a la cama. Lydia coqueteaba con experiencia, pero sus besos destilaban inocencia. Era como si aquella fuera la primera vez que sentía la pasión de un hombre a la que ella correspondía.

Podría haberla seducido en el asiento del coche igual que un estudiante con la chica más guapa del instituto, pero merecía algo mejor. Pero Evan siempre había sido un poco brusco. La clase de hombre que no debía quedarse a solas en compañía de una señorita. Se sentía más a gusto en una situación límite, pero las emociones delicadas no eran para él. Shanna le había enseñado esa lección.

Y fuera quien fuera realmente Lydia, estaba claro que era una señorita de ciudad. Tenía una gracia y una delicadeza que no pertenecían a Placid Springs. Tuvo que hacer un esfuerzo para aceptar que, a pesar de lo bien que quedaba el bebé en sus brazos, no estaba hecha para algo así. Escaparía del pueblo más rápido que un turista durante un tornado en cuanto supiera la cantidad de trabajo que requería cuidar a un bebé. Evan cargó con la bolsa de los pañales y el moisés del niño antes de entrar en la casa, pero algo lo retuvo en la puerta.

Una rubia furiosa no era suficiente para detenerlo. De pronto, comprendió que no lo asustaba Lydia sino sus propios instintos. La última vez que había sentido algo semejante había terminado solo y con el corazón roto. El llanto del crío se escuchó a través de la ventana, seguido de la voz de Lydia que procuraba calmar al bebé con dulzura. Pero la pequeña Jasmine no se contentaba con una nana. Evan sabía lo suficiente sobre niños para comprender que el bebé estaba sucio o tenía hambre.

Entró en la casa con la seguridad de que Lydia iba a darle la espalda. Él la había herido y ahora tendría que soportar unos días de malas caras. Quizá en ese tiempo ya se habría marchado. Tendría que aguantar con los pantalones abrochados y las manos en los bolsillos. Si volvía a sumergirse en esos profundos ojos azules y ella le demostraba un mínimo interés, no sería capaz de resistir la tentación.

Estuvo a punto de chocar con ella, que corría hacia el pasillo. Evan soltó los pañales y el cesto. Arropó a Lydia y al bebé en sus brazos.

–Gracias a Dios, Evan. No sé que le ocurre, pero no deja de llorar.

Ella lo necesitaba. Quería a creer lo que veía con sus propios ojos, pero su corazón estaba alerta. La mujer preocupada que tenía frente a él era la misma mujer sexy y sofisticada que lo había puesto a cien en el porche minutos antes. Evan se separó y reculó un paso. Se batió en retirada de manera brusca.

–Vamos a la cocina. Veamos que podemos hacer para aliviar a Jasmine.

Agarró las cosas del bebé y cruzó el pasillo en dirección a la cocina. La estancia estaba en penumbra. Lydia entró tras él, acunando a la niña.

–Creo que esto no funciona –dijo con gesto preocupado.

–Cálmate.

Evan rebuscó en la bolsa un pañal limpio y un paquete de toallitas.

–Tenías razón –añadió Lydia–, no soy la madre ideal.

Su voz sonaba triste y Evan deseó estar equivocado. Pero cuando se trataba de padres e hijos rara vez se equivocaba. Tenía un sexto sentido para adivinar la idoneidad de las personas para ser padres y nunca le había fallado. De hecho, había pertenecido al grupo especial de homicidios del FBI antes de regresar a Placid Springs.

–Seguramente tiene hambre o está mojada. ¿Prefieres cambiarla o calentar el biberón? –preguntó Evan.

–¿Sabes hacer esas cosas? –preguntó Lydia con escepticismo.

–Claro.

Evan no tenía una habilidad especial para los niños. Aunque los adoraba, se sentía demasiado grande para manejar a unas personitas tan delicadas. Pero siempre había sido capaz de sacar adelante cualquier situación.

–Yo me encargaré de calentar la comida –sentenció.

–De acuerdo. Vi cómo mi amiga le cambiaba el pañal a su hijo una vez. Supongo que sabré hacerlo.

Lydia colocó el pañal y las toallitas a un lado. Al

quinto intento, logró ajustar el pañal limpio. Evan seguía la escena a través del reflejo en la ventana mientras calentaba la leche. Procuró no mostrar ninguna reacción. Pero en su corazón nació un rayo de esperanza. Ahí estaba la mujer que siempre había esperado. Pero no era para él.

El balancín del porche crujió cuando Lydia se sentó y empezó a columpiarse suavemente. Siempre se había imaginado el campo tranquilo, pero entre el ganado y los insectos se oía una auténtica sinfonía. Hacía fresco, y Lydia se arrebujó en el asiento mientras contemplaba las estrellas. La pequeña Jasmine dormía plácidamente en la cuna que Payne había construido para Evan. Lydia nunca había conocido a dos solteros que fueran tan mañosos con un bebé como Evan y su padre. Estaba impresionada.

Evan estaba hablando por teléfono con Servicios Sociales para buscarle un hogar a la pequeña. Lydia sentía un enorme alivio al pensar que el bebé no se quedaría mucho tiempo en la casa. Pese al lazo de unión que había entablado con la niña, se sentía incómoda. ¿Qué clase de mujer no sabía nada de niños?

Suponía que aquellas mujeres que nunca hubieran estado en contacto con ellos. Hacía mucho tiempo, ella también había deseado una familia. Los hombres siempre la habían rondado por su físico y por su dinero. Nunca se había quedado sola en casa un viernes por la noche. Pero desconfiaba de los hombres tiernos y excesivamente amables. Despreciaba la forma en que la miraban, como si no fuera más que un objeto decorativo. Quería que la tomaran en serio, pero la vida nunca le ha-

46

bía concedido una oportunidad para demostrar su valía. Se incorporó en el asiento y volvió a pensar en Jasmine. Ella podría ocuparse del bebé aunque Evan pensara que no era más que una cara bonita. Tal y como él la había llamado, una chica de ciudad.

Era inteligente. Podía apañárselas para cuidar de la pequeña y podía llegar a dominar todas las facetas de la maternidad mejor que cualquier mujer del campo. La puerta de malla chirrió y Evan salió al porche. Iluminado a contraluz, su aspecto era el de un hombre tosco y amenazador. Lydia tembló y se recostó en el asiento.

–¿Qué estás haciendo aquí fuera? –preguntó con voz áspera.

Lydia sintió que se le ponía la piel de gallina.

–Estaba pensando.

–¿En qué?

Lydia guardó silencio para no revelar la verdad. Recordaba la sensación de sus labios apretados contra los de él. Sentía deseos de lanzarse en sus brazos, abrazarlo y dejar que la pasión se apoderara de sus cuerpos. Evan se acercó. Lydia fantaseó con la idea de que le había leído el pensamiento y que iba a besarla. Pensó que iba a llevarla de vuelta al punto en que se encontraban antes de que el lloro de Jasmine los interrumpiera en el porche. Un plano en que dos adultos daban rienda suelta a sus más ardientes pasiones.

Evan se sentó sobre la barandilla y se apoyó contra uno de los postes. El corazón de Lydia latía cada vez más fuerte. Tenía que aprender a controlar su cuerpo cuando él estaba cerca.

–¿Lydia?

Ella pestañeó y miró a Evan, que estaba de pie frente a ella. Evan Powell no era la clase de hombre que se dejara llevar por las pasiones. Pese a la intensidad con que la había abrazado, Lydia había sentido que la entrega no era total. Paseó la mirada por la profundidad de la noche. Las voces de los vaqueros del rancho se escuchaban en el barracón.

—Pensaba en la niña. ¿Cuánto tiempo tardarán los Servicios Sociales en venir por ella?

—No van a venir. Tendré que quedarme con ella mientras averiguo el paradero de los padres. Mi padre y yo somos una familia de acogida. Tenemos un acuerdo con las autoridades del condado y no es la primera vez que ocurre. Papá se quedará en casa en vez de salir con la cuadrilla.

—¿Puedo ayudar?

—¿Cómo?

—Podría quedarme aquí y cuidar de ella en lugar de ir a la oficina.

—Ni siquiera sabías cómo sujetarla en brazos.

—La he cambiado el pañal y la he dado de comer.

—Sí, es cierto —admitió Evan.

—Bien. No creo que tengas muchas opciones y estoy en deuda contigo por dejar que me quede en tu casa.

—No me debes nada —replicó Evan—. Te pagaré lo mismo que si vinieras a la oficina.

—Solo si crees que debes hacerlo —dijo Lydia.

Con la esperanza puesta en aprender más cosas sobre los niños y la maternidad, Lydia sintió que había encontrado un objetivo por el que luchar.

—De acuerdo.

El silencio se instaló entre ellos. La clase de silencio apacible que Lydia imaginó que existía en los matrimonios bien avenidos. De hecho, resultaba demasiado agradable. Su vida estaba en un punto de inflexión, y no podía olvidar que no podía permitirse enamorarse del sheriff. Y esa posibilidad existía, porque le gustaba mucho.

Apreciaba la forma en que Evan se preocupaba por su pequeña comunidad y por su padre. El cuidado que ponía al ocuparse de la niña, aunque no le gustara demasiado. La forma en que la había besado, como si estuviera sediento y ella fuera la única que pudiera aplacar su sed. Lo miró y vio que Evan también la estaba mirando. Un intenso calor creció en su interior y se extendió por todo su cuerpo. Cada poro de su piel la impulsaba hacia él.

—Voy a…Buenas noches.

Lydia se levantó y caminó hacia la puerta. Evan la sujetó por el brazo al pasar junto a él.

—¿No me das un beso de buenas noches? –preguntó.

El timbre de su voz era cada más profundo. La abrazó y se apretó contra ella. Lydia sintió la tensión en cada músculo del cuerpo de Evan presionando contra su propio cuerpo, apenas protegido por un vestido de seda. Levantó la vista hacia él. Sus ojos eran tan negros como la noche. Evan la agarró por las caderas. Lydia podía notar el roce de la entrepierna de Evan contra la suya. Ella se aferró a él, implorando más de algo que no podía tener.

—Oh.

—Sí, oh.

Lydia recuperó el control, lo besó apenas en la mejilla y se retiró un paso. Quería quedarse, pero no en ese momento. Todavía la dolía la forma en que Evan la había mirado y la había acusado de no servir como madre. Todavía sentía toda la pasión que él había despertado en ella. Aún lamentaba que la vida, finalmente, le hubiera ofrecido lo que tanto anhelaba.

–Buenas noches, Evan.

Lydia abrió la puerta de malla y entró en la casa.

–¿Lydia?

–¿SÍ?

–Mañana por la mañana espero respuestas acerca de tu pasado.

–De acuerdo –señaló Lydia.

Resultaba curioso cómo los problemas que había dejado atrás ya carecían de importancia. Estaba mucho más preocupada por la niña y por Evan que por su padre y por su prometido.

Capítulo Cinco

Evan y su padre regresaron a casa después de atender diversos asuntos y encontraron a Lydia cubierta de papilla. No se veía al bebé por ninguna parte. Evan se mordió el labio para no sonreír delante de ella, que en ese momento no guardaba ningún parecido con la sofisticada rubia que había llamado a su puerta a la una de la madrugada. Lydia había bajado la guardia y se mostraba vulnerable. Tenía las facciones llenas de restos de papilla reseca.

–Estás para comerte, encanto.

–Una palabra más, Powell… –lo amenazó con el dedo.

–Creo que iré a comer con los chicos en el barracón –rio Payne.

El padre de Evan salió sin decir una palabra. El sheriff vio cómo se marchaba, pero no se disgustó. Había algo en la forma descarada en que se comportaba Lydia que le producía un enorme alivio.

–Lo siento –se disculpó Lydia–. No pretendía resultar ofensiva. Ha sido una mañana dura.

–No me has ofendido.

–¿Asustado, quizás? –preguntó burlona.

Lydia lo escudriñó de arriba abajo con la mirada y Evan se puso tenso al instante. Deseaba, más que nada en el mundo, volver a tenerla entre sus brazos igual que la noche anterior. Pero esta vez no la dejaría escapar.

–No, pero si quieres besarme no me opondré.

–Estoy segura.

Evan la deseaba. Más que nunca tal y como estaba en ese momento. Una mirada más atenta reveló que llevaba una de sus camisas atada a la cintura y unos vaqueros ceñidos.

–¿Esa camisa es mía? –preguntó Evan.

–Espero que no te importe. Esta mañana hacía frío. Y yo solo traía blusas de manga corta.

A Evan no le importaba que usara sus camisas, aunque sospechaba que la verdadera razón era que Lydia no quería ensuciar su ropa de diseño. De hecho ansiaba verla llevando nada más que una de sus camisas.

–¿Dónde está Jasmine?

–Está durmiendo. Le entró sueño mientras se tomaba el biberón.

–¿Seguro que quieres hacerte cargo de la niña?

–Sí. Aunque mi aspecto pueda sugerir lo contrario, hemos disfrutado de una excelente comida –aseguró Lydia.

Evan se sirvió un tazón de cereales con leche.

–Estupendo –dijo–. ¿Estás lista para contarme por qué te escondes?

Asintió, aunque en su fuero interno no estaba lista. Evan se apoyó sobre la encimera de cerámica española y empezó a desayunar.

–¿Estás huyendo de tu marido? –preguntó.

Esa era la mayor preocupación de Evan. La había besado y había tonteado con ella. Y si iba a quedarse en su casa hasta que arreglaran su coche, seguramente terminaría acostándose con ella.

–No.

Evan se llevó a la boca otra cucharada de cereales.

–¿Y bien?

–Huyo de mi familia.

Evan esperó. Hacía mucho tiempo que sabía que las personas no soportaban el silencio y que siempre terminaban por hablar para romper esa situación. La paciencia le había sido de mucha utilidad en su época como miembro del FBI. Y ahora también resultaría.

–Mi padre está emperrado en que me case con uno de los ejecutivos de su empresa, pero no estoy preparada. Creía que lo estaba, pero…

Lydia se mordió el labio y miró al suelo de madera como si esperase encontrar entre los tablones la respuesta a un gran misterio.

–¿Qué, cielo?

–Busco algo más que un matrimonio de conveniencia.

–¿No hay ningún hombre esperándote en casa?

–No acostumbro a salir demasiado.

–Suponía que una mujer como tú tendría un enjambre de tipos revoloteando a su alrededor a todas horas.

–A veces –admitió Lydia.

–¿Y cuál es el problema? Dile a tu padre que no deseas casarte por obligación.

–No puedo. Está obsesionado con la idea de buscarme un marido.

–Pues elige uno.

–Ya lo hice. Uno de los vicepresidentes de la compañía.

–Así que estás casada.

–No. Estaba prometida. Pero mi novio no compartía los mismos objetivos que yo.

Evan no necesitaba más respuestas. Ella le había proporcionado suficiente información para hacerse una idea bastante clara de qué clase de mujer era, pero necesitaba indagar más. Quería arrancar todas las capas de sofisticación y encontrar a la mujer que se escondía debajo. La mujer que prefería hacerse cargo de una niña abandonada pese a que su posición indicaba bien a las claras que podía permitirse pagar a una niñera.

–¿Qué es lo que quieres? –preguntó Evan.

–Pasión, fidelidad, amor.

–¿En ese orden? –preguntó, consciente de que raramente las mujeres ponían el amor al final de la lista. Y ella merecía ser amada desde el principio.

–No, quiero casarme por amor.

Evan lo sabía. Ella solo buscaba amor, nada más. Era la clase de mujer que necesitaba a un buen hombre con el que pudiera coquetear y acurrucarse. Y no a un sheriff de una pequeña localidad incapaz de amar.

Ni siquiera su padre, por el que sentía un gran afecto, era un hombre demasiado cariñoso. Aceptaba que su padre lamentaría su pérdida, pero nunca se habían dicho lo que sentían el uno por el otro. Ni siquiera cuando un infarto había postrado a Payne en una cama de hospital habían sido capaces de abrir su corazón. A veces pensaba que esa era la razón por la que Shanna lo había abandonado.

–¿Por qué no puedes casarte por amor?

–Me educaron para ser un mero objeto decorativo.

–No eres un florero –señaló Evan.

–Ya lo sé, pero los hombres no suelen apreciar la diferencia.

–Yo sí me he dado cuenta.

–Sí, pero tú no buscas amor.

Evan no pudo responder. Solo tuvo tiempo de

ver que daba media vuelta y salía de la cocina. Estaba cansado de ver cómo se marchaba, una y otra vez. Pero había dejado las cosas claras. Él no podía ofrecerla amor y era lo único que ella necesitaba.

Dos noches más tarde, Lydia todavía estaba molesta por los comentarios de Evan. Había procurado evitarlo. Necesitaba probar que podía ocuparse ella sola de Jasmine. Sabía que se sentiría tentada de dejar que él cargara con la responsabilidad si se lo cruzaba. Pero Lydia estaba dispuesta a salir adelante sin ayuda de nadie.

Florida era un lugar sorprendentemente agradable para vivir. O al menos Placid Springs lo era. Ya había visitado la única tienda del pueblo. Un negocio familiar en el que cada cliente tenía una cuenta de crédito propia. Se había informado acerca de Evan. Al parecer había sido un alumno brillante, pero proclive a meterse en líos. Evan estaba tan unido al pueblo que no podía imaginar el uno sin el otro. A Lydia le hubiera gustado bromear con él sobre estos temas, pero sabía que debía poner distancia entre ellos. Y desde el primer día, el sentido del humor del sheriff y su sonrisa habían sido superiores a ella. Quería saber más acerca del hombre que ya había dejado de ser un extraño.

En ese punto de su vida, Lydia no necesitaba que un hombre viniera a complicarle las cosas. Y aunque Evan quería algo directo y sin complicaciones, ella esperaba algo más y no quería entregar de nuevo su corazón.

Lydia se metió en la cama y apagó la luz. Las sábanas olían a flores. Cerró los ojos y se imaginó tumbada bajo el sol. Todo era mucho más sencillo que en su vida anterior. No había prisas por llegar puntual a una comida de negocios ni tenía necesidad de actuar con astucia para convencer a un empresario de que invirtiera su dinero en un nuevo proyecto. Solo tenía que ocuparse de Jasmine.

Se quedó mirando fijamente las formas que dibujaban la luz de la luna y las nubes en el cielo. La ventana estaba abierta y entraba una ligera brisa. Nunca antes había dormido con la ventana abierta. Resultaba muy tranquilizador. Los sonidos de la naturaleza y la convicción de que Evan acudiría en su ayuda si fuera necesario deberían haber facilitado el sueño de Lydia.

Pero era Evan precisamente la razón por la que no podía dormirse. No quería volver a soñar con él. La noche anterior se había despertado con palpitaciones y las sábanas revueltas. Lo deseaba con todas sus fuerzas. Siempre había pensado que la lujuria solo afectaba a las parejas que ya estaban comprometidas. Pero ahora comprendía hasta dónde podía llegar el poder de atracción.

Convertía su anterior compromiso en algo irrelevante. Había experimentado más sensaciones con Evan en pocos días que con Paul. «Pobre Paul», pensó Lydia. Era una suerte que hubiera conocido a otra mujer porque ahora comprendía que ella nunca habría podido amarlo.

El llanto de Jasmine la hizo saltar de la cama. Corrió a través del pasillo hacia la habitación de la niña. La luz de la luna iluminaba la cuna. Una parte de Lydia seguía asustada y temía que su falta de experiencia pudiera causarle algún daño a la pequeña. Pero otra parte le decía que tenía que actuar como una madre.

Levantó a la niña en brazos, la llevó junto a su pecho y Jasmine dejó de llorar por un momento.

Lydia le acarició la espalda dulcemente y comprendió que la niña estaba empezando a reconocerla. Jasmine tendría unos nueve meses, pero ya empezaba a sentirse segura junto a Lydia. Después de cambiarle el pañal y limpiarla, Lydia la dejó en la cuna y la arropó con la mantita rosa con la que había llegado. Le puso entre sus manitas una oveja de peluche que había comprado dos días antes en el pueblo. Jasmine no tardó en encontrar una postura y se quedó dormida.

–¿Va todo bien? –preguntó Evan desde la puerta en un susurro.

–Sí.

Lydia comprobó que la niña seguía durmiendo y salió con Evan de la habitación.

–¿Te apetece tomar una taza de chocolate?

Lydia sabía que no debía aceptar, pero no quería desaprovechar la oportunidad de pasar un rato junto a él y disfrutar de su conversación. Llevaba dos días embebida en los cuidados de Jasmine y tenía ganas de mantener una charla adulta.

–Iré por mi bata.

–No será porque yo te lo he pedido –dijo Evan sin quitarla ojo.

La combinación que llevaba resultaba muy reveladora. ¿Acaso Evan la encontraba sexy y provocativa? Ese pensamiento la enardeció y aplacó el ritmo de su respiración. Evan solo llevaba puestos unos viejos pantalones vaqueros. Lydia habría dado cualquier cosa por acariciarle el pecho. Su cuerpo estaba esculpido a fuerza de años trabajando en el rancho.

Evan se acercó, aunque mantuvo una distancia prudencial. Lydia cerró los ojos y aspiró el aroma masculino, fuerte y puro. Ella inició una leve aproximación, con los ojos entreabiertos. La expresión de Evan se había endurecido a medida que la excitación se apoderaba de él. Ella levantó la mano y vio la diferencia en el color de piel entre su blancura y el bronceado de Evan. Deslizó sus dedos por su hombro y a lo largo del pecho. Recorrió la línea de vello que se perdía tras la cintura de sus pantalones. Evan respiró con aspereza y ella lo miró. La miraba detenidamente. Estaba tenso.

Evan deslizó su mano sobre la piel de Lydia, pasando de su hombro hasta el cuello. Tenía la palma callosa, pero resultaba muy excitante. Acarició sus pezones a través de la combinación. Lydia tragó saliva. Él emitió un leve gruñido y la atrajo hacia sí. Le sujetó el pelo y la besó con desesperación. Pese a que deseaba que la naturaleza siguiera su curso, Lydia sabía que lo estaba engatusando. Evan le importaba como ningún hombre antes y no quería herirlo.

–¡Caray! –dijo Lydia y dio un paso atrás.

Evan se la quedó mirando. La situación requería una explicación por su parte. Tenía que sincerarse con él a cualquier precio.

–Lo siento, pero quiero algo más de ti aparte de pasión y lujuria.

–Lo sospechaba –asintió Evan.

–Creo que voy a pasar del chocolate.

Lydia giró sobre sí misma y caminó despacio hacia su habitación, aunque quería salir corriendo. Notaba la mirada de Evan sobre ella y eso pesaba como una losa. Podía sentir el roce de la tela contra sus piernas mientras avanzaba.

–¡Lydia!

–¿Sí? –respondió mirando por encima del hombro.

–Antes o después acabará pasando. Lo sabes, ¿verdad?

Lydia se obligó a seguir caminando y se apoyó en el quicio de la puerta de su dormitorio.

–¿No vas a responder?

–¿Quieres una respuesta?

–Sabes que sí.

–Tienes razón. Solo espero que los dos estemos preparados para afrontar las consecuencias.

–Yo estoy preparado.

–No estés tan seguro, sheriff. No eres tan duro como crees –señaló Lydia y cerró la puerta de su habitación.

–Duquesa se encuentra en plenitud de facultades –dijo Payne al ver entrar a Evan en los establos–. Fíjate en sus cuartos traseros.

–Papá, me he pasado media vida entre caballos. Sé lo que hago.

Era su día libre y estaban arreglando una valla. Normalmente disfrutaba en su tiempo libre dedicado a las tareas del rancho, pero la presencia de Lydia lo tenía en estado de tensión permanente. Ni siquiera sus clases de taekwondo conseguían centrar su mente.

–Ya lo sé –asintió su padre–. Pareces distraído últimamente.

Evan sabía que su padre tenía razón, pero prefirió ignorarlo. Ya tenía bastante para hacer frente además a su entrometido padre. Una de las razones por las que se llevaban tan bien es que respetaban su intimidad.

–¿Alguna vez te he contado el día que un novillo me corneó mientras cortejaba a tu madre?

–Sí –dijo Evan con espanto.

–No he dicho nada –rectificó su padre.

Evan sacó del establo al macho y ensilló a la yegua. Su padre pensaba que lo único que Evan necesitaba era encontrar a una buena mujer para que su vida fuera completa. Y él también lo sabía. Esa pequeña comunidad, su pueblo natal, resultaba un anacronismo frente al mundo exterior. A los turistas les gustaba detenerse y cenar en un local estilo años cincuenta. También fotografiarse en la calle principal, bajo los faroles de gas. Pero nadie quería quedarse a vivir en un lugar tan alejado de la civilización.

No disponían de conexión a Internet, no tenían televisión por cable ni un restaurante chino con servicio a domicilio. Pero Evan no lo cambiaría por nada del mundo. Sabía que si acudía a la barbería el martes encontraría a Gus acicalándose un poco. Le gustaba conocer a la gente del pueblo.

Pero las mujeres, sobre todo las de ciudad, necesitaban algo diferente. Y Lydia Martin, si es que ese era su verdadero nombre, necesitaba algo más que lo que un pequeño pueblo y su sheriff podían ofrecer. Su padre apareció llevando a Porter y empezó a ensillarlo. De pronto, Evan se vio a sí mismo con sesenta y cinco años haciendo exactamente lo mismo. Llevando la misma triste y solitaria existencia. Puede que fuera hora de volver a sentar la cabeza. Encontrar a una mujer que aceptara las condiciones y estuviera dispuesta a vivir en Placid Springs. Puede que alguna profesora de escuela dominical. Salvo que la mayoría tenían la edad de su padre y no habían olvidado sus gamberradas cuando era alumno. ¡Demonios! La única mujer que le interesaba se marcharía de la ciudad en un par de semanas.

—Papá, ella no es como mamá.

Payne emitió un gruñido pero no contestó. El

silencio de su padre surtió efecto sobre él, que tuvo que retomar la palabra.

–Viene de la gran ciudad. Este no es su sitio.

–Lo único que veo es que tratas de desembarazarte de ella.

Su padre podía resultar muy molesto. Pero casi siempre tenía razón.

–Tú lo has dicho. Dejémoslo estar.

–Me gustaría tener nietos antes de morir. No me queda mucho y lo sabes.

Evan meneó la cabeza. Era probable que su padre lo sobreviviera.

–Seguirás aquí para jugar con tus nietos.

–¿Es que estás planeando volver a casarte?

–Algún día me casaré con una chica bonita a la que no le importe pasar aquí el resto de su vida.

–No todas las mujeres son como Shanna –adujo Payne.

Su padre era un perspicaz observador de la naturaleza humana y había aconsejado a Evan que se casara tan joven. Sin embargo, su hijo siempre había deseado formar una gran familia. Ahora, cuando pensaba en la posibilidad de una mujer e hijos, solo veía a una rubia que le daba la espalda.

Pero había algo en Lydia que le llegaba al alma. Algo reflejado en la profunda tristeza de su mirada y la soledad de su ser que lo hacían desear probar suerte con las mujeres una segunda vez.

–Ya lo sé –aceptó Evan.

–Esa mujercita que tienes en casa cuidando del bebé es más fuerte de lo que imaginas –dijo Payne y montó en su caballo con gran facilidad.

–¿Cómo lo sabes? –preguntó Evan.

–Te ha plantado cara un par de veces. Nunca he visto a una mujer enfrentarse a ti como ella.

–¿Evan? –llamó Lydia desde la puerta de los establos.

–¿Sí? –replicó Evan, aliviado por la interrupción.

Lydia llevaba a Jasmine sujeta con su brazo y el bebé se apoyaba en su cintura. Parecía una auténtica mamá y no una suplente. Vestía una falda corta color caqui por encima de las rodillas y un polo con el cuello abierto. Tenía unas piernas preciosas. Evan pensó que le habría gustado deslizar su mano la otra noche por debajo de su combinación.

–¿A qué hora estaréis de vuelta para almorzar?

–A mediodía. ¿Por qué?

–A esa hora Jasmine duerme. Procurad no hacer ruido cuando entréis.

–Gracias por avisarnos, Lydia –dijo Payne–. Algún día serás una madre estupenda.

–No soy tan buena –se sonrojó Lydia.

–Ya lo creo que sí –insistió Payne y se alejó al trote.

Evan advirtió cómo Lydia se cambiaba el bebé de lado. Jasmine sujetaba un peluche y Lydia se las apañaba con una habilidad de la que carecía días antes.

–Tu padre es un adulador.

–No lo creas –señaló Evan.

De hecho, su padre no era un hombre pródigo en elogios. Se notaba que Lydia le gustaba. Tendría que advertirle que no se encariñara mucho con ella. Al fin y al cabo, se iba a ir en poco tiempo.

–Bueno, que pases un buen día –dijo Lydia y dio media vuelta.

Evan notaba su tristeza y se recriminó por ser tan rudo. Se había criado entre vaqueros. Su madre había procurado darle una educación, pero no había sido suficiente para hacerlo olvidar el día a día.

–La ciudad celebra su fiesta mañana. ¿Te gustaría venir con Jasmine al parque y comer al aire libre?

Lydia asintió y siguió su camino. Sabía que ella había estado esperando algún comentario agradable acerca de sus cualidades como madre. Y, desde luego, estaba haciendo un gran trabajo. Pero no quería aceptar que fuera algo más que una rubia sexy y seductora. De hacerlo, no sabría cómo mantenerla a raya.

Capítulo Seis

La explanada junto al lago estaba repleta de familias y cubierta de manteles. Los patinadores y los pescadores se disputaban los mejores sitios junto a la orilla. La música sonaba al ritmo de la brisa. Pese al calor, Lydia se sintió mejor de lo que podía recordar en mucho tiempo.

Tumbada sobre la manta con la pequeña Jasmine junto a ella, experimentó una sensación que no había sentido en mucho tiempo. Todo a su alrededor parecía encajar. La celebración de la fiesta local era un acontecimiento que los habitantes de Placid Springs se tomaban muy en serio. Había oído historias que se remontaban a los años cuarenta y cómo el turismo estaba acabando con las tradiciones.

Era la primera vez que Lydia acudía a esa fiesta. Había imaginado que habría una gran orquesta y un montón de puestos de comida. En cambio, solo encontró un viejo grupo de folk tocando sus banjos. La comida se preparaba en una gran barbacoa y los hombres se iban turnando en la cocina. Todo esto superaba con creces sus ideas. El turno de Evan ya había terminado y Lydia esperaba que se uniera a ellas pronto. Era consciente de la atención que ella y Jasmine despertaban entre los vecinos. Ya había sorprendido a más de un lugareño preguntando a Evan acerca de su nueva familia. Pero casi siempre los comentarios eran bien intencionados. Abrazó a la niña, agradecida por no ser la única extraña en el pueblo.

Evan se reunió con ellas. Llevaba varios platos repletos de comida.

–¿Tienes hambre? –preguntó.

Lydia estaba hambrienta, pero la comida no saciaría su apetito. Desde la noche en que lo había dejado en el pasillo apenas había podido dormir.

–Este lugar es magnífico –dijo Lydia.

–Sí, lo es –admitió Evan sentado frente a ella.

Una pareja mayor lo saludó y él devolvió el saludo con una sonrisa. Ese mínimo intercambio fue suficiente para que Lydia comprendiera lo mucho que Evan y el pueblo se necesitaban mutuamente. Nunca sería feliz en otra parte.

–¿Dónde está tu padre? –preguntó Lydia.

–Está con la viuda Jenkins –ironizó Evan–, pero se supone que no debo saberlo.

–¿Por qué? ¿Estabas muy unido a tu madre?

Evan tardó un poco en contestar mientras masticaba y tragaba.

–Sí, lo estaba. Cree que me protege.

–Mi padre se comporta igual –afirmó Lydia plenamente consciente de la situación.

Jasmine, tumbada de espaldas sobre la manta, miraba con sus grandes ojos abiertos los juegos de luz y de sombra que el sol formaba entre las ramas de los árboles.

–¿Sabes algo de tu coche? –preguntó Evan.

–Sí. El mecánico me ha dicho que aún tardará una semana en recibir las piezas que faltan. Cuando lleguen me perderás de vista para siempre.

–No resultas una molestia –dijo Evan con la mirada sobre el lago.

Esas sencillas palabras bastaron para aplacar el

desasosiego que la invadía. Si bien Lydia sabía que solo pretendía ser amable, ese gesto la conmovió.

–No soy una persona muy hogareña –musitó Lydia.

–Ya lo he notado.

–Cualquiera se daría cuenta –sonrió Lydia.

–Sí, el olor a comida quemada no termina de irse de la cocina.

–Cocinar es más difícil de lo que parece –sostuvo Lydia.

–Estás invitada si algún día quieres venir a comer con los chicos al barracón.

–No se me da bien alternar con tanta gente –replicó Lydia.

Siempre había odiado esa parte de las fiestas. Prefería ser la organizadora, quedarse en la cocina y llevar el control. Por un momento deseó estar de vuelta en casa de su padre sin más preocupaciones que decidir un buen vino para cada plato.

–A mí tampoco –reconoció Evan.

Pero resultaba encantador y conquistaba a todo el mundo sin esfuerzo. Era la clase de persona con la que todo el mundo querría estar.

–Debe resultar de mucha ayuda que todo el mundo en el pueblo te conozca.

–Sí, aunque también resulta algo incómodo.

–Yo creo que es fantástico.

–Claro que te lo parece –asumió Evan.

–¿Y eso qué quiere decir? –preguntó Lydia.

–Solo que pareces estar muy sola.

¿Cómo era posible que Evan hubiera leído tan dentro de su corazón?

–¿Sola? De ningún modo –dijo Lydia–. Tengo mucho trabajo. Y aquí no conozco a mucha gente y no me resulta fácil hacer amigos.

–En lo más profundo de tu ser, ¿crees en lo que dices, Lydia?

Evan había pronunciado cada palabra y Lydia sintió cómo atravesaban su corazón con la misma facilidad con que un cuchillo caliente corta la mantequilla. Apartó la mirada de él. Hacía mucho tiempo que carecía de algo, desde la muerte de su madre. Pero nunca había llegado a encontrar algo que pudiera colmar ese vacío.

–No –susurró Lydia.

Evan deslizó su mano en su pelo y ella quiso acercarse. Quería descansar la cabeza sobre su pecho pero no lo hizo para no infundir falsas esperanzas. La otra noche había sentido cómo la abandonaba la fuerza de voluntad cuando estaba cerca de él.

–No sé qué decir con toda esta gente –reconoció Lydia.

–Habla de cosas sencillas –dijo Evan–. Practica conmigo.

Lydia dejó el plato a un lado y echó mano del abanico de temas que desplegaba en las fiestas de su padre.

–¿Dónde has pasado las vacaciones este invierno? ¿Has ido a esquiar a Vail?

–No es un buen comienzo, a no ser que quieras acaparar toda la charla. Nadie ha salido del pueblo este invierno.

–¿Qué debería decir? –preguntó Lydia con desconcierto.

–Háblame de tu familia.

–Háblame de tu familia –repitió Lydia.

Evan clavó sus ojos en los de Lydia, que sintió cómo aquella mirada la perforaba, escrutando cada centímetro de su interior hasta desnudar su alma. Se giró para buscar las gafas de sol y vio que Jasmine estaba mordisqueándolas. Necesitaba esconderse detrás de algo, pero no podía quitarle su juguete a la niña.

–Estamos solos mi padre y yo –dijo Evan.

Lydia se inclinó un poco hacia él siguiendo con la mirada el perfil de sus labios cuando hablaba.

–¿Hermanos?

–No. Siempre quise tener una gran familia, pero mi madre tuvo problemas médicos.

–Yo también.

–¿Querías una familia numerosa?

–Sí. Resultaba muy duro cargar yo sola con las exigencias de mis padres. Hubiera sido fantástico compartir ese peso con alguien. Siempre quise una hermana.

Pero siempre había estado muy unida a su padre. De hecho, había llamado a su secretaria el día anterior para decir que se encontraba bien y que seguirían en contacto.

–Sí, yo también. Alguien a quien cuidar.

–A cambio cuidas de todo el pueblo –dijo Lydia.

Evan asintió. Uno de sus ayudantes se acercó y se levantó para charlar con él.

Lydia encontró otro entretenimiento para Jasmine y, después de limpiar las gafas de diseño, se las puso. Tenía que mantener al sheriff a distancia y no permitir que se acercara demasiado. En cuanto el ayudante se marchó empezaron a recoger los enseres. Lydia acostó a la niña en su moisés y empezó a levantarse. Evan le tendió su mano y ella la aceptó. Notó la calidez en su palma y no quiso soltarla nunca. Pero lo hizo, porque sabía que jamás podría sobrevivir en un pueblo y que Evan Powell nunca podría vivir alejado de allí.

Evan seguía los movimientos de Lydia por toda la casa. La luz jugueteaba sobre su figura como un amante caprichoso. Estaba fascinado. Ella lo tentaba como la fruta prohibida. Deseó ser un hombre más fuerte y que ella también fuera diferente. Una mujer capaz de vivir un pueblo pequeño.

Los perros llegaron a la carrera, ladrando y formando más escándalo del permitido por la ley. Evan los acarició y subió de un salto las escaleras del porche. Eso desveló su presencia. Había evitado a Lydia desde que habían regresado. Había pasado la mayor parte del día en los establos cepillando a su caballo favorito.

Los fuegos artificiales habían asustado a la pequeña Jasmine y Lydia la había calmado con tanto mimo que había desconcertado a Evan. Se había establecido un vínculo inexplicable entre Lydia y Jasmine, pero que resultaba encantador. Había cambiado con relación a la mujer que no sabía cómo tener un bebé en brazos. Y Evan sabía que le debía una disculpa por sus desafortunados comentarios. Ver a las dos juntas había incrementado su deseo hasta límites casi insoportables. Desde luego, todavía la deseaba. Pero más aún, deseaba convertirla en su pareja y madre de sus hijos. No le importaba que su conciencia insistiera en que no era la mujer adecuada. Evan lo creía en cuerpo y alma.

–¿Evan?

Sabía que no debía contestar. Se encontraba al borde del precipicio y las más leve provocación lo haría caer sin remedio.

–¿Sí?

–¿Vas a entrar? –preguntó Lydia.

–No.

Lydia salió hasta la puerta de rejilla. Su silueta se dibujaba a contraluz. Llevaba un vestido ceñido y Evan se había pasado la mañana imaginándosela sin ese vestido. Ese sueño se había hecho realidad. No llevaba nada debajo. Estaba desnuda. La brisa nocturna había endurecido sus pezones. Evan deseaba saborear cada centímetro de su cuerpo. Su virilidad hizo presión contra la pernera de los vaqueros. Evan trató de acomodarse, pero no era posible. Nada podía aliviar su tensión excepto Lydia.

—Me he divertido mucho en la fiesta. ¿Sabes que es la primera vez que acudo a una celebración en el campo?

Lydia salió al porche. Evan se fijó en que llevaba pintados los labios de un rosa fuerte y esa visión lo aguijoneó. Evan bajó los escalones hasta el suelo para mantener una distancia prudencial.

—¿No deberías estar arriba con la niña? —preguntó.

—Tengo encendido el interfono en la entrada para poder oírla si llora —explicó Lydia—. Hace una noche preciosa.

—No es más que otra noche de verano.

—No es una noche más. Hay algo mágico en el aire, ¿no te parece?

La verdad era que Evan solo notaba la sangre corriendo por sus venas y el impulso urgente de volver al porche junto a ella. Lydia se sentó en el balancín y echó la cabeza hacia atrás. La larga melena rubia cayó en cascada sobre su espalda. Su cuello se ofrecía sin resistencia y Evan solo podía pensar en besarlo. Mordisquearlo suavemente y bajar poco a poco hasta su pecho.

—¿No te sientas? —ofreció Lydia.

Evan avanzó hasta ella sin decir una palabra. Lydia tomó su mano entre las suyas y empezó a balancearse. Se humedeció los labios con la lengua y el gesto no pasó desapercibido a los ojos de Evan.

—Cuando era pequeña solía pensar que las luciérnagas eran hadas. Había un montón alrededor de la piscina y yo intentaba atraparlas.

Era muy dulce y Evan sabía que su vida estaba cambiando. Podía verlo en los ojos de Lydia. Sin embargo, su vida no cambiaría nunca. Y quería probar esa dulzura al menos una vez en la vida.

–¿Llegaste a atrapar alguna?

–No. Mi madre decía que las señoritas no juegan con bichos.

Evan imaginó la infancia de Lydia. ¿Cómo había crecido hasta llegar a convertirse en la princesa que era? Pero ya no era la distante y fría rubia que había llamado a su puerta en plena noche. Esa noche había bajado la guardia y no oponía resistencia.

–Evan…

–¿Sí?

–¿Recuerdas la otra noche, cuando estaba en camisón?

¡Demonios! No había podido borrar esa imagen de su mente desde entonces.

–Ojalá no me hubieras detenido –dijo Evan.

Estaba a punto de estallar. Evan pendía de un hilo y ella lo estaba cortando con las tijeras del deseo.

–¿En serio?

–Cariño, no juegues conmigo esta noche. Me muero por ti.

–Bien –aceptó Lydia con sus grandes ojos abiertos de para en par.

Se inclinó hacia él y sus senos rozaron el hombro de Evan. Él la apartó. Tenía que concederla una última oportunidad de elegir mientras pudiera contenerse.

–Lo único que puedo ofrecerte es un poco de lujuria –recordó Evan.

–Está bien –aceptó Lydia, cuyos ojos escondían una enorme tristeza.

–En ese caso, prepárate. He sido bueno demasiado tiempo y ya no puedo esperar.

Evan pasó su brazo por encima de Lydia y la atrajo hacia sí. Todas sus curvas se acomodaban a la perfección a su cuerpo, pero Evan solo podía pensar en sus labios, húmedos y carnosos. Ella apoyó la cabeza contra su hombro y él se abalanzó sobre ella y la besó. Recorrió con la lengua la línea de pintura rosa tal y cómo había imaginado minutos antes. La excitación era tan grande que no pudo saborear el frescor de la carne y se adentró en el interior de su boca para desentrañar todos los secretos de Lydia. Secretos que ella ocultaba tras los párpados entrecerrados. Lydia lo arañaba con las uñas que subían inexorablemente por la pierna. Su erección era cada vez mayor. Evan detuvo su mano antes de que llegara más arriba y la llevó hasta su hombro. La sentó en su regazo para poder explorar su cuerpo. Lydia no paraba de gemir mientras su boca se perdía en el interior de la de Evan. Un gruñido primitivo salió de lo más hondo de su pecho. Evan atacó la sombra de un pezón a través de la seda que cubría su cuerpo. La mezcla de texturas lo llevó a pensar en la cama. Deseaba verla acostada en su cama de matrimonio vestida únicamente por la luz del sol. Necesitaba tumbarla para disfrutar de todo su cuerpo. Lydia lo besaba de una forma exquisita y lo hacía descubrir sensaciones nuevas.

Evan se separó un instante y, tras tomar aire, empezó a besar su cuello. Lydia empujaba suavemente a Evan hacia abajo, guiando su boca hasta sus pechos.

–¿Qué es lo que quieres, cielo?

–¿No lo sabes? –respondió Lydia.

–Quiero oírtelo decir.

–Bésame otra vez.

–¿En la boca?

–No.

–¿En el cuello?

–No.

–¿Entonces?

Ella se irguió hasta que sus senos estuvieron a la altura de su boca.

–Aquí –gimió.

Evan jugueteó con el pezón y lo lamió con insistencia. Sentía algo extraño. En lo más profundo de su ser estaba siendo alimentado por Lydia, por su dulzura. Algo indefinible, pero que se parecía a una semilla. Evan no quería perderse en elucubraciones mientras tenía entre sus brazos a Lydia.

Escucharon voces que venían del barracón. Evan levantó la cabeza y miró en esa dirección. Se sentía como un toro en su primer rodeo.

–¿Qué ha sido eso? –preguntó Lydia, que se cubrió el pecho desnudo.

–Los hombres del rancho.

Lydia parecía confusa. Sus labios estaban rojos y exuberantes. Todo su cuerpo ardía de pasión y los pechos temblaban entre sus manos.

–Maldita sea, ahora no puedo dejarlo.

–Yo tampoco –dijo Lydia.

–Pero tengo que ir a hablar con ellos.

–Lo sé. Ya habrá otra ocasión.

Lydia se levantó y entró en la casa. Una vez más, se alejaba de él. Evan no entendía la razón, pero lo sacaba de quicio que ella lo abandonara continuamente.

A la mañana siguiente, Jasmine estaba más pesada que de costumbre. Evan había alabado sus cualidades como madre. Era verdad que tan solo se había limitado a señalar que lo estaba haciendo bien, pero en boca de Evan significaban mucho para ella.

Lydia había pasado la mayor parte del día conduciendo un viejo jeep que Evan le había prestado. Era la única manera de que Jasmine dejara de llorar. Se quedó mirando a la pequeña y no supo qué hacer a continuación. No quería comer, no podía dormirse y tenía el pañal limpio. Tomó a la niña en brazos y la acunó paseando por el salón. El reloj marcaba las ocho de la tarde. Normalmente, Jasmine ya estaba dormida a esa hora. Lydia tuvo que admitir que no sabía tanto como había creído.

Puede que, en el fondo, estuviera destinada a ser una mujer florero. Quizás fuera una cuestión genética y necesitara una persona para cuidar de sus hijos. Pero eso no la hacía sentirse mejor. Lágrimas de impotencia quemaban sus ojos. Siguió paseando arriba y abajo con la niña en brazos.

El ruido de la camioneta de Evan se abrió paso entre los gritos de Jasmine y Lydia corrió a su encuentro. Evan se reunió con ella en el porche. La expresión preocupada de Evan emocionó a Lydia en lo más profundo de su corazón.

–¿Qué ocurre, cariño?

Lydia intentaba hablar, pero no podía controlar su propio llanto. Procuró respirar hondo antes de decir nada.

–No se me dan bien los niños.

–Claro que sí.

–No es cierto. Lo he intentado, Evan. Y sigue llorando. He tenido que equivocarme en algo.

–No has hecho nada malo.

–¿Cómo lo sabes? –preguntó Lydia–. Tú fuiste

74

quien dijo que yo era la clase de mujer que no quería una familia.

Evan palideció y las obligó a que entraran en la casa.

–Lleva a Jasmine al salón. Voy a llamar al médico.

–Ya lo he hecho.

–¿A quién has llamado? –preguntó Evan.

–Al doctor Green. Es el único que he encontrado en el listín.

Estaba preocupado y tenía miedo por la niña. Jasmine no dejaba de llorar y todo su cuerpo se convulsionaba. Lydia se inclinó sobre la pequeña y la besó en la frente.

–¿No hay nada que pueda calmarla?

–Puedes llevarla de paseo en la camioneta...

–Entonces la llevaré a dar una vuelta mientras esperas a que llegue el médico.

–No servirá de nada. Tan pronto como bajas del coche empieza a llorar de nuevo.

Evan se acercó. Lydia deseaba descansar sobre su hombro y dejar que él se ocupara de todo, pero eso era una señal de debilidad. Y después de su accidente, había decidido que se comportaría como una mujer fuerte.

Y hasta ahora lo había sido. Cierto que no era una madre modelo, pero había cuidado del bebé hasta ese momento. No era muy hogareña, pero lo estaba intentando. Y había dejado que Evan se acercará a ella. Seguramente más en el plano emocional que en el plano físico. Sabía que tenía que irse. La única forma de arreglar esa situación era quitarse de en medio.

–Lo siento –dijo Lydia, que llevó a Jasmine hasta él.

Pero Evan no la tomó en sus brazos. Se quedó

mirando fijamente a Lydia. Su mirada no transmitía nada. Esa mirada que otras veces había reflejado pasión, humor, frustración y que tanto la había impresionado.

–No seas tan dura contigo misma.

–No soy más dura de lo que lo has sido tú –replicó Lydia.

Lydia le entregó al bebé y Evan acomodó a la pequeña junto a su cuerpo. Sintió el deseo de ser abrazada, pero lo combatió. En su lugar, besó al bebé en la mejilla y miró alrededor, donde había pasado buena parte de la tarde jugando con Jasmine. A través de la ventana podía ver el balancín del porche recortado contra la noche. Ahí había estado a punto de hacer el amor con Evan Powell. Echaba de menos esa sensación. Su sentido del humor y su estilo de vida, pero sabía que quedarse solo implicaba engañarse a sí misma.

Su vida transcurría en otro ambiente y tan solo la fuerza de voluntad podía hacer cambiar el curso de una vida predeterminada.

Capítulo Siete

Evan calmó a Jasmine frotando un poco de whisky en las encías del bebé. El médico había diagnosticado que le estaban saliendo los dientes. Recibía a menudo llamadas de padres primerizos aterrados. Si bien la medicina moderna había aportado multitud de remedios para el dolor, nada resultaba tan eficaz como un poco de whisky. Y las opciones de Evan eran muy limitadas, ya que la única farmacia de Placid Springs había cerrado a las seis de la tarde.

Finalmente, Jasmine dejó de llorar. Tenía mucho sueño. Evan se sintió mejor al ver a esa criatura entre sus brazos que tanto lo necesitaba. La cambió y la acostó en su cuna. Tenía que encontrar a Lydia. No le había gustado la forma en que lo había mirado cuando había subido las escaleras. Cerró la puerta de la habitación de la niña y cruzó el pasillo hasta el dormitorio de Lydia. Había un montón de ropa sobre la cama y varias maletas medio hechas sobre varias sillas. Evan había evitado subir a su habitación para no perder el control.

–¿Qué estás haciendo? –preguntó.

–He decidido marcharme –respondió Lydia con lágrimas en los ojos.

Evan lamentó ser un hombre de pocas palabras. Hubiera querido consolarla. Quería hacerla reír de nuevo. Pero la vida había acabado con sus reservas de ternura y no podía ofrecerle nada de lo que ella necesitaba en ese momento.

−¿Por qué?

Las manos le temblaban mientras arrugaba una falda de seda y la guardaba en la maleta. Estaba muy pálida. Era la primera vez desde que se conocían que Lydia perdía su vitalidad. Evan recordó que su falta de preocupación y su insistencia en mantener las distancias la habían herido profundamente.

−Jasmine no debería pagar el precio por mí −dijo Lydia.

Le dio la espalda y continuó haciendo las maletas. ¿Acaso no sabía quien era? Evan dejó la respuesta sin contestar. No quería saber más cosas acerca de ella para no verse más implicado.

−Jasmine no lo está pagando −respondió Evan.

−Claro que sí. He pasado el día con ella y no ha dejado de sufrir ni un segundo.

Evan no sabía qué contestar. Era extraño que Lydia dudara de sus capacidades cuando había superado con creces todas las expectativas. Nunca había entendido a las mujeres. Y nunca había sabido comunicarse con ellas.

−Cariño…

−Voy a llevarme el jeep y conduciré hasta la casa de mi tía. Haré que alguien lo traiga de vuelta y pague la factura de mi coche.

Evan no quería que se marchara, pero no iba a pedirle que se quedara. Ya lo había hecho una vez, con su primera mujer. Se había rebajado y había suplicado, pero ella se había marchado de todos modos. Y no iba a pasar por eso otra vez.

−Creí que tu tía estaba fuera de la ciudad.

Lydia cerró la maleta y llevó el resto de su ropa hasta la otra bolsa de viaje.

–Así es. Ya encontraré la forma de entrar.

Evan comprendió que no podría hacer nada para detenerla. La única carta que podía jugar era la atracción física y la sensualidad. Sabía que ella era vulnerable en ese aspecto. Quería volver a vivir las sensaciones de la noche anterior. Pero si ella accedía a quedarse, tendría que haber algo más que sexo.

–Si quieres marcharte, no te detendré –dijo Evan–. Pero, por favor, no te vayas por lo que te dije.

–¿Y por qué no? Dijiste la verdad.

–No, no era cierto –protestó Evan, que veía cómo se le iba de las manos.

–Me resulta difícil creer que ahora pienses en mí como en la madre ideal.

–No tiene nada que ver contigo –dijo Evan.

Lydia esperó en silencio. Parecía que todo el mundo conocía esa técnica. Evan la miró. Lydia actuaba con mucha calma. Dobló la ropa y cerró la última maleta.

–No hay nada más que decir, ¿verdad? –dijo Lydia.

Evan se quedó de pie, parado. Tenía miedo de hablar y mostrar su debilidad.

–Te diré lo que ocurre –le dijo–. En el fondo, crees en lo que dices. Y no te falta razón. No soy la madre perfecta, pero nunca me he sentido tan segura que durante estos días cuando has dejado a Jasmine a mi cargo.

Fue a salir de la habitación, pero Evan la sujetó por el brazo.

–No te vayas.

–Dame una buena razón para quedarme.

–No puedo.

Lydia asintió. Evan la estaba perdiendo y no sabía cómo evitarlo.

–Lydia, estuve casado con una mujer…era de Washington y odiaba a los críos. Tú te pareces un poco a ella.

Evan se sintió como un completo idiota. Lydia no sonrió.

–Creí que estábamos de acuerdo en que yo no era tu ex mujer.

–Eso no significa que no tengáis cosas en común. Odiaba a los niños. Siempre que un niño intentaba tocarla se apartaba antes de que pudiera estropear su peinado o su ropa.

–¿Y es así cómo tú me ves? –preguntó Lydia.

Evan recordó la estampa de Lydia con la ropa llena de papilla y el pelo suelto. No tenía nada que ver con Shanna salvo en el aspecto exterior. Sabía que estaba equivocado y que tendría que rectificar. Pero había hablado con ella más tiempo del que nunca había pasado con una mujer. Quería abrazarla con fuerza para no tener que mirarla a los ojos. Puede que así le resultara más fácil y ella no notara su debilidad. Evan la sujetó por los hombros y la atrajo hacia sí.

–Has sido una madre increíble para Jasmine, Lydia. Has jugado con ella y la has cuidado. Nunca te has preocupado por ti y me impresiona lo mucho que has aprendido.

–¿De veras?

Tenerla tan cerca ejercía un poder tremendo sobre él. Sus pechos se apretaban contra el suyo y sus curvas se adaptaban a sus manos.

–Sí. ¿Por qué desconfías tanto de tus posibilidades?

–Eres tan fuerte y tan seguro de ti mismo que me haces sentir débil.

–No soy fuerte –negó Evan.

La presión del cuerpo de Evan contra el suyo

mudó su expresión y Lydia se apretó contra él. A él le gustaba el modo femenino en que ella se movía y agradecía el contacto de su piel aterciopelada.

—Claro que sí.

—Es mejor que lo dejes ahora si…

—Quiero que me hagas el amor, Evan —susurró Lydia.

Esas palabras resultaron reveladoras. Evan llegó a pensar que ejercía sobre ella una atracción tan grande como la que ella ejercía sobre él.

La levantó en brazos y la llevó hasta la cama. La dejó sobre las sábanas y se quedó de pie mirándola. Esa vez no había salido huyendo. Evan comprendió que estaba ante la mujer de sus sueños. La miraba en silencio, la amante misteriosa que había perseguido en sueños y que nunca había encontrado en la vida real. Estaba excitado y su expresión resultaba algo brusca. No era un príncipe azul suspirando por una doncella. Era un hombre de verdad enloquecido por el deseo.

Ella se incorporó y buscó su boca. Pero Evan siguió de pie. Su mirada recorría todo su cuerpo, encendiendo la mecha de la pasión. Lydia estaba casi febril y la ropa irritaba su piel. Lentamente, se desabotonó la blusa. Al abrirse, dejó al descubierto el sujetador color crema. Sabía que estaba excitada y podía sentir el roce de sus pezones contra el encaje del sostén. Pero quería que la boca de Evan los envolviera en su calor. Evan se dejó caer de rodillas. Deslizó las manos por su torso con suavidad. Acercó la boca a la suya y la besó como siempre había deseado ser besada por un hombre. Cada beso le llegaba al alma y resultaba más elocuente que cualquier discurso. Evan le acarició los pechos a través del sujetador y el contacto resultó más excitante de lo que podía soportar. Lydia trató de quitarse la blusa moviendo los hombros, pero Evan la sujetó. El tacto de sus manos resultaba áspero. Eran las manos de un trabajador. Empezó a besarle el cuello. La excitación y el deseo crecían al mismo ritmo.

Evan mordió con suavidad uno de sus pezones y Lydia gimió de placer. Arqueó el cuerpo para ofrecer toda la superficie de su seno. Quería que Evan succionará su pezón igual que la noche anterior. Necesitaba sentir la misma unión que había experimentado entonces. Quería sentirse como la abundante madre naturaleza con su guerrero herido. Y él ofrecía tanta resistencia durante el día que solo en aquel instante podía experimentar esa sensación. Evan la deseaba.

—Evan, quítame la blusa...por favor —rogó Lydia.

—Aún no —replicó Evan con voz grave.

Se levantó y se quitó la camisa. Luego se quitó el cinturón y desabotonó el vaquero. Evan apagó la luz de la habitación. Luego le arrancó la blusa. Pero cuando Lydia fue a quitarse el sujetador, Evan la detuvo.

—Olvídate de eso por el momento —susurró Evan.

Ella se recostó sobra la almohada mullida y lo miró mientras se desnudaba. Cuando Evan se quitó los pantalones y los calzoncillos, Lydia quedó desconcertada al ver lo excitado que estaba. Todo su cuerpo se humedeció y supo que aquello iba a funcionar. Evan le quitó los pantalones cortos y Lydia se quedó solo con la ropa interior. Ella se retorció un poco, pero Evan la calmó al tumbarse en la cama junto a ella. La besó en la boca y en el cuello. Mientras le acariciaba el pelo, le susurraba cosas al oído que nunca le habían dicho. Evan la encontraba sexy y atractiva.

El corazón de Lydia se estaba derritiendo. Ella también lo acarició en el pecho y en la espalda. Estaba caliente, como el sol en un día de verano. Lydia clavó las uñas en la espalda de Evan y obtuvo un gemido en respuesta.

–¿Te gusta esto? –preguntó, consciente de su poder en ese momento.

Evan gruñó. Lydia bajó las manos hasta agarrar las nalgas firmes y atraerlo hacia ella. Evan se movió y se colocó encima de Lydia. Sintió todo su peso, firme y duro. La braguita seguía en su sitio. Evan dejó de besarla y se echó un poco hacia atrás para acomodar su erección. Lydia movió las caderas para facilitar la tarea mientras todo su cuerpo vibraba presa de la excitación.

–Aún no, encanto –dijo Evan.

Lydia procuró dejar de moverse, pero el deseo había abolido cualquier otra sensación. Evan se sentó a horcajadas sobre ella, se inclinó y la desabrochó el sostén. Lydia se preguntó si sus pezones rosados y sus pechos pequeños lo defraudarían. Pero Evan se inclinó sobre ellos. Mientras le pellizcaba un pecho con una mano, su boca saboreaba el otro con delectación. Por fin accedía a su más ardiente deseo. En ese momento, Lydia se sintió una mujer plena. La mujer ideal para un hombre como Evan. Trató de atraerlo hacia ella. Hacía que se sintiera una verdadera mujer. Parecían hechos el uno para el otro.

Evan deslizó una mano entre sus cuerpos y le quitó la braguita. Ella terminó de quitársela de una patada y la sensación de estar piel contra piel la sorprendió. Entendió la perfecta combinación que formaban un hombre y una mujer. El roce de sus cuerpos la hicieron estremecerse. Evan sobrevoló con sus dedos su monte de Venus. Un dedo se posó sobre su clítoris, y luego exploró los recovecos más secretos de su intimidad. Mientras no dejaba de viajar con su boca desde sus pechos hasta su cuello. Lydia estaba a punto de alcanzar el éxtasis.

–Evan…por favor.

–Está bien, cielo.

Se levantó sobre las palmas y la miró directamente a los ojos.

–¿Estás tomando algo?

–Sí, estoy tomando la pastilla.

Evan asintió y recuperó la posición. En un solo movimiento, suave pero firme, la penetró y rompió todas las barreras sin dificultad. Lydia se sintió completamente libre. Pudo leer las dudas en los ojos de Evan, pero por una vez ella era más fuerte. Lo besó con decisión y deseo, tanto como el que Evan mostraba hacia ella. Mientras se movía sobre ella no dejaba de utilizar la mano hasta llevar a Lydia al paroxismo del goce. Lydia levantó las piernas y lo rodeó por la cintura. Cada vez se movían más deprisa. Los embates de Evan eran cada vez más profundos. Lydia imploraba más y más. Por fin, Evan la embistió como todo su ser mientras Lydia cerraba los ojos con fuerza y el mundo desaparecía a su alrededor. Un momento después, Evan alcanza el orgasmo con un gemido sordo y vaciaba toda su virilidad en el cuerpo de Lydia.

El aire fresco de la noche entró por la ventana. Lydia frotó la espalda de Evan con las manos. Él respiraba con dificultad y ella apenas lo conseguía. Nunca había sospechado lo íntimo que podía llegar a ser hacer el amor. Era como si su alma se hubiera desprendido de su cuerpo y hubiera regresado más tarde. Nunca imaginó que algún día tendría que explicarle a su amante, mirándolo a la cara, porque era virgen. Pero al mirar los ojos grises, fríos como el acero de Evan, supo que tendría que dar explicaciones. Lydia tragó saliva sin saber qué decir.

–Creía que te habías acostado con tu prometido, Lydia –dijo Evan–, pero me alegro de que no lo hicieras.

Lydia se acurrucó junto a él y dejó para más tarde las preocupaciones. No quería estropear ese momento. Sabía que ya nunca podría casarse por conveniencia después de probar la llama del amor junto a Evan. Un hombre que jamás encajaría en su mundo.

El llanto de Jasmine despertó a Evan por la mañana. Lydia saltó de la cama y se puso el camisón y la bata. Evan la vio partir con la esperanza de que regresara a tiempo para hacer el amor una vez más. Si bien sabía que su relación no tenía mucho futuro, se sentía atraído por Lydia más de lo que nunca habría sospechado.

Se levantó y se puso los pantalones. Normalmente, practicaba taekwondo por las mañanas y por las noches. Necesitaba recordar las enseñanzas de las artes marciales más que nunca. Recogió el resto de su ropa y se fijó en la mancha de sangre en las sábanas de la cama. No podía creer que él hubiera sido el primero. Pero algo le decía que había hecho lo correcto. Estaban hechos el uno para el otro. Al menos en un nivel puramente físico.

Al salir al pasillo escuchó la voz de Lydia susurrar algo al oído de la niña. Había recuperado la confianza que había perdido tras el incidente del último día.

—¿Lydia?

—Sí —respondió.

Estaba despeinada, los ojos cansados y la expresión dulce. Evan solo deseaba poseer su cuerpo de nuevo.

—Creo que serías una gran madre para Jasmine.

Lydia asintió. Evan notó que aceptaba sus palabras sin suspicacias. Sabía que no servirían para paliar el daño que la había hecho, pero confiaba en que al menos operarían una leve cura y restañarían en parte su error.

Lydia se inclinó para sacar a la niña de la cuna y, al hacerlo, la bata se abrió y dejó al descubierto sus pechos. Evan reaccionó al instante. Quería alimentar su cuerpo de nuevo. Lydia se puso derecha y se ruborizó al comprende lo que ocurría.

—No me mires así delante de la niña —le dijo.

—¿Crees que se da cuenta de lo que pasa entre nosotros?

—No. ¿Te gustaría desayunar con nosotras? —preguntó con repentina timidez.

—Tengo cosas que hacer. ¿Qué tal dentro de media hora?

—Muy bien —aceptó Lydia.

Evan se marchó. Por primera vez sentía que no tenía libertad de acción. Eso lo asustó porque comprendió que estaba protegiéndose contra algo y no sabía qué podía ser.

Capítulo Ocho

Si bien *El corcel negro* había sido una de sus películas favoritas durante su infancia, Lydia comprendió que la realidad distaba mucho de la fantasía.

El establo olía a heno y a maíz. La luz de una bombilla solitaria iluminaba el centro del pasillo. Pese a todo resultaba agradable. El aire era cálido. Cerró los ojos y olvidó la presencia de un caballo enorme a su lado. Estaba disfrutando. Evan la había invitado a dar un paseo a medianoche. Su padre se quedaría cuidando de Jasmine y ella deseaba pasar más tiempo a solas con Evan. La idea de cabalgar junto a él la ilusionaba. Pero no tanto la de montar en uno de esos enormes animales.

Reconoció la voz de Evan a su espalda. Se movía despacio mientras le susurraba algo a su caballo. Lydia envidió la facilidad con que se manejaba. Todavía se sentía algo vulnerable después de hacer el amor con él la noche anterior. Había experimentado sensaciones que no hubiera cambiado por nada del mundo, pero al mismo tiempo se habían apoderado de ella las dudas sobre quién era y qué quería hacer con su vida. Evan le había quitado la máscara que siempre había llevado y Lydia no estaba segura de que él se hubiera dado cuenta. Desde luego, tenía la seguridad de que no era una amazona. Un enorme caballo bayo la miraba con la misma intención que un tigre mostraría hacia una gacela en el Serengeti.

–Es una yegua muy tranquila –musitó Evan.

Asombrada, Lydia se dio la vuelta. Evan se movía muy despacio. La sombra de la barba oscurecía sus mejillas. Tenía el aspecto de un tipo duro que regresara de pasar varios días en el campo. Parecía salvaje e indomable. Lydia se preguntó si se estaba enamorando de él. Por un momento, se imaginó vestida con un vestido vaquero y un látigo en la mano. Preparada para domarlo y hacerlo suyo.

–No te morderá –aseguró Evan.

Lydia pensó que eso no era de gran ayuda. Siempre decían lo mismo hasta que el caballo se volvía loco. Evan debió interpretar su silencio como una señal de miedo. Pero ese miedo no se debía tanto al caballo como a lo que sentía hacia él. Evan no era la clase de hombre que admitiera con facilidad sus sentimientos hacia los demás. Y Lydia no podía evitar sentir amor.

–Seguro que es una buena yegua –admitió Lydia–. Es que hace mucho tiempo que no monto a caballo.

–¿Cuánto tiempo?

–Desde los trece años. Y no se me daba demasiado bien.

Evan sacó a su caballo del establo. Lydia sabía que era bueno en su trabajo, pero en el establo junto a los caballos estaba en su ambiente. Se movía con absoluta seguridad y todo parecía en su sitio.

–Me atrevería a decir que soy una chica poco preparada para la vida en el campo.

–Ya lo sé. Pero no hay nada mejor que un paseo a medianoche. Créeme, encanto.

Lydia decidió confiar en él y eso la preocupó. Todos los hombres en los que había confiado siempre la habían traicionado. Pero Evan hablaba con una confianza desconocida para ella. Esperaba que no faltara a su palabra.

–De acuerdo –aceptó.

Evan la ayudó a montar. Lydia se sentía como un pájaro subido a la espalda de un rinoceronte. Le sonrió del mismo modo que había despedido a su padre el día en que se había escapado de su casa. Confiaba en poder engañar a Evan con la misma facilidad.

–No permitiré que te ocurra nada, Lydia –dijo Evan.

Experimentó una cierta sensación de alivio al oír sus palabras. Nunca antes un hombre se había ofrecido a protegerla de forma desinteresada. Su padre había tratado de hacerlo mandándola a un buen colegio y preparándola para ser una buena esposa. Su prometido no había querido que buscara sentimientos ocultos en su matrimonio. Pero Evan daba la cara en todo momento.

Lydia sintió que haría cualquier cosa para mantenerla a salvo. Eso la emocionaba. Contuvo las lágrimas que amenazaban por salir y se concentró en mantener el equilibrio sobre el caballo. No quería hacerse ilusiones con respecto a Evan.

El sheriff montó su caballo con desparpajo y se abrió paso a través de la noche. Lydia lo siguió de cerca. El aire jugaba con su pelo.

–¿Adónde vamos? –preguntó después de varios minutos en silencio.

–Es una sorpresa.

Lydia sonrió, encantada de que Evan hubiera planeado una sorpresa para ella. La voz mascsulina sonaba íntima. Lydia se sintió cómo la única mujer con la que él compartiría sus secretos.

–¿Tienes por costumbre abrir la puerta vestido con una toalla? –preguntó Lydia.

–Solo si hay una rubia increíblemente atractiva al otro lado.

–¿Y si hubiera sido pelirroja?

–Te hubieras perdido un montón de cosas buenas.

Lydia esbozó una amplia sonrisa. Había un montón de facetas que todavía debía explorar a fondo acerca de Evan. El profundo cariño que sentía hacia Jasmine. El respeto y el amor que lo unían a su padre. Su coqueteo con ella y la extrema sensualidad de sus encuentros apasionados.

–¿Qué es eso? –preguntó mientras señalaba un campo vallado.

–El cementerio. Mi madre está enterrada aquí junto a mis abuelos y sus antepasados.

Lydia quería saber más acerca de su madre. Ella echaba de menos a la suya y recordaba que los primeros meses habían sido un calvario. La voz de Evan reflejaba una tristeza similar a la que sentía Lydia en lo más profundo.

–¿Cuándo murió tu madre?

–Yo estaba en la universidad. Mis bisabuelos vivieron en estas tierras.

Obviamente, Evan no quería hablar de su madre.

–Mis bisabuelos también me dejaron una herencia, pero nada comparable a esto.

–Sí, este sitio es único. Tuvieron que hacer frente a la enfermedad y a otros muchos contratiempos, pero lograron seguir unidos. No creo que muchas de las parejas de hoy en día hubieran sobrevivido en aquella época.

–¿No lo crees?

–¿Y tú?

–Bueno, supongo que cuando apuestas fuerte

por algo tienes que tomar decisiones que no siempre resultan agradables –expuso Lydia.

–¿En serio?

Lydia había olvidado que se enfrentaba a un verdadero conquistador. Un hombre que había logrado que aflorasen en ella sentimientos que desconocía. Un hombre que la tentaba a todos los niveles.

–Sí, en serio.

–¿Tienes alguna prueba de que eso sea así, encanto?

Lydia bajó la vista. Quería que la conversación siguiera en terreno neutral. Tenía miedo de que derivase hacia un nuevo encuentro amoroso. Sabía que su cuerpo sucumbiría con extrema rapidez.

–Mírame –dijo Evan.

–Me gusta mirarte –replicó Lydia.

El fuego de su mirada indicaba que volverían a hacer el amor. Una vez tampoco había sido suficiente para él. Se preguntaba si Evan también había sentido esa unión espiritual que ella había experimentado.

–Hablo en serio –señaló Lydia.

–Yo también –dijo Evan con un guiño.

Lydia no creía posible intimar con un hombre a caballo, pero si Evan le lanzaba otra de esas miradas trataría de saltar a su caballo.

–Quiero decir que a veces las circunstancias nos enfrentan a retos inesperados.

–Estoy seguro.

Lydia asumió que Evan no estaba interesado en ningún tipo de lazo espiritual y que solo deseaba sexo. Eso la molestó. Sin pensar en las consecuencias dijo lo primero que le vino a la cabeza.

–¿Realmente crees que me hubiera quedado en

este lugar y que habría cuidado de un bebé si no hubiera estado totalmente desesperada?

Evan detuvo su caballo y sujetó las riendas de la yegua de Lydia. Su mirada era dura. Lydia comprendió que había ido demasiado lejos. Había lamentado cada palabra desde el mismo instante en que las había pronunciado. El tiempo que había pasado en la casa cuidando de Jasmine había sido lo más maravilloso que la había pasado nunca. Confusa, miró en otra dirección.

–¿Estás desesperada?

–No –replicó y lo miró a la cara–. Estaba furiosa.

–Lo sé.

–No, no lo entiendes. He pasado la vida rodeada de hombres que me han mimado y consentido todo, pero nunca antes me habían tomado en serio –dijo Lydia–. Estabas bromeando y he reaccionado a la defensiva. Lo siento.

Evan no dijo nada. Desmontó y soltó las riendas de su caballo.

–Debería haberte tratado con más respeto.

Evan la ayudó a bajar. Sus cuerpos se rozaron hasta que Lydia hizo pie. El aliento de Evan acarició su rostro como la brisa.

–¿Dónde estamos?

–Ésta es la sorpresa.

–Desde luego, estoy sorprendida –señaló Lydia.

–Cierra los ojos, cariño.

Lydia obedeció y Evan la guió a través de un camino irregular y la abrazó para que no tropezara. Lydia abrió los ojos y clavó la mirada en los suyos. Notaba cómo el mundo temblaba bajo sus pies.

Evan no dijo nada, pero Lydia asumió que necesitaba mantener las distancias. Su coqueteo con ella actuaba como un escudo. Porque en sus ojos anidaba la semilla del cariño y eso no le gustaba.

Evan pensó que la idea de llevar hasta allí a Lydia, que en un principio le había parecido perfecto, ahora lo veía como un completo error. La rústica casa de campo que sus bisabuelos habían construido en esas tierras significaba para él mucho más que el rancho en que había vivido casi toda su vida. La construcción de una sola habitación, con la chimenea de piedra y una decoración sencilla, colmaba todas sus aspiraciones. Pero más que nada deseaba ver a Lydia en ese escenario. Mostrarla algo de su pasado y el lazo tan fuerte que lo unía a la tierra.

La mujer, en sus brazos, resultaba muy tentadora. Sabía que ella necesitaba más de lo que él podía ofrecerla. Pero, aunque mereciera a un hombre mejor, uno que pudiera amarla, no podía dejar que se marchara. Todavía no.

Más adelante, cuando hubieran arreglado su coche y llegara la hora, la despediría en silencio. Pero esa noche necesitaba su presencia junto a él. Quería borrar su mala conducta que tanto daño le había hecho. Había algo vulnerable en ella que lo atormentaba. Deseaba que Lydia tuviera el carácter indomable de Shanna. Pero, al mismo tiempo, se sentía atraído por la inocencia de su mirada.

–¿Puedo abrir los ojos? –preguntó Lydia.

En su voz no se atisbaba duda o temor. Evan supo que Lydia confiaba plenamente en él. Esa actitud había llegado a lo más profundo de su ser.

–No –le respondió.

La levantó en brazos y atravesó el umbral de la puerta. La dejó de pie en el centro de la habitación.

–No abras los ojos todavía –advirtió.

Evan encendió la lámpara que había dejado allí esa misma tarde y se colocó tras Lydia. Quería rodearla con sus brazos y abarcar todo su cuerpo. Deseaba desnudarla y aceptar que, en aquel momento, esa preciosa mujer le pertenecía.

–Abre los ojos, encanto –dijo Evan.

El viejo suelo de madera estaba cubierto por varias mantas y había una cesta de mimbre junto a ellas. Había varios troncos apiñados en la chimenea y Evan se aprestaba a encender una hoguera. Una botella de vino se enfriaba en una cubitera. Evan miró de reojo a Lydia, que guardaba silencio. Las lágrimas asomaron en sus grandes ojos azules. ¡Maldita sea! ¿En qué estaría pensando? Debería haber actuado con más juicio en vez de organizar una velada tan romántica. No era esa clase de hombre. Se le daba mejor ser un amante espontáneo que planificar sus encuentros. Podía enfrentar sin problemas a un caballo salvaje o a un novillo. Pero si tenía que lidiar con una mujer de la gran ciudad, todo estaba perdido.

–Podemos irnos –dijo Evan.

Había deseado ofrecerle algo especial que compensara sus carencias a la hora de expresar con palabras lo que sentía. Y ella lo había concedido el honor de ser el primer hombre en su vida. Para la mayoría de las mujeres la virginidad era antes una molestia que una barrera, pero Lydia era diferente.

–De ningún modo –afirmó Lydia.

Evan se giró presa del asombro.

–Pero…

Ella se acercó lentamente mientras se desabrochaba los botones de la blusa. Llevaba el pelo suelto sobre los hombros. Evan quería que sus de-

94

dos se perdieran en la melena rubia de Lydia. Quería ayudarla a quitarse la blusa y enterrar su cuerpo hasta el fondo en el cuerpo femenino. De puntillas, Lydia llegó a su altura y tomó su cara entre sus manos, con firmeza. Sus grandes ojos muy abiertos y el roce de sus labios cálido y apasionado. Lo besó sin descanso de la cabeza a los pies.

–Gracias.

Evan no quería que ella se lo agradeciera. Deseaba que en esa noche todos los sueños de Lydia se cumplieran, pero no le salían las palabras. De hecho, desconocía cuál era su noche ideal. Pero sabía que a todas las mujeres les gustaba cenar con velas, un buen vino y flores. Pero había olvidado las flores.

–No me lo agradezcas todavía.

–Pienso seguir agradeciéndotelo –aseguró Lydia con un brillo especial en la mirada.

Evan deseaba evitar los protocolos de la seducción y poseerla de un modo primitivo. Pero se había tomado demasiadas molestias para organizar la velada.

–¿Te apetece un vaso de vino?

–Sí, por favor.

–Siéntate –la invitó Evan y fue a buscar la botella.

Sirvió dos copas de Chardonnay y regresó a la improvisada mesa. Lydia estaba recostada, apoyada sobre los codos. La hoguera hacía que su pelo resplandeciera. Evan sintió un pellizco en la boca del estómago. Era demasiado guapa para él.

Dejó las copas sobre el mantel y se sentó junto a ella, con su mano entre las suyas. Estaba acorralado. Todo su plan se había vuelto en contra suya. Ahora era Lydia quien lo estaba seduciendo a él. Evan la agarró por el pelo y la besó con frenesí. En lo más profundo de su boca pudo saborear algo más que una mujer, la esencia misma de la vida. Deslizó sus manos dentro de la blusa palpando sus pechos en busca de sus pezones. La urgencia lo obligaba a llevarla al grado de excitación en el que Evan se encontraba. La erección se hacía notar con más fuerza cada vez.

Lydia también empleó las manos que, después de acariciar el pecho, se introdujeron bajo la camisa hasta la espalda. Evan notó la presión de las uñas contra la piel. Empezó a bajar por el cuello de Lydia y se detuvo a la altura del pecho izquierdo, que besó a través de la ropa.

–Deja que te quite la camisa –suplicó Lydia.

Evan se arrancó la ropa y la tiró al suelo. Poco después siguieron la blusa y el sujetador de Lydia. Todo iba muy deprisa. Evan no podía esperar a tumbarla y quitarle los vaqueros con dedos temblorosos. Sus manos recorrían todo su cuerpo. Acariciaba sus piernas, desde los muslos hasta los tobillos. Evan deslizó un dedo bajo las bragas. Lydia gimió y arqueó el cuerpo. Evan la terminó de desnudar y la besó en su rincón más íntimo, ahora al descubierto. Ella se retorció de placer. Lydia sujetaba la cabeza de Evan rogándole que continuara.

–Deja que yo me ocupe, encanto.

No era algo que Evan hubiera hecho con otras mujeres, pero quería saciar todo su deseo y que el recuerdo de Lydia no lo abandonara nunca cuando se hubiera marchado. Y quería que ella sintiera lo mismo. Lydia lo agarró por los hombros y Evan se echó hacia delante. Le acarició el centro de su feminidad mientras la besaba en el pecho. Lydia gimió de nuevo. Evan utilizó todos sus recursos para que Lydia alcanzara el punto álgido. Ella se agitó sobre las mantas y separó las piernas para facilitar las caricias de Evan, cuyos dedos se movían sin desmayo. Lydia gritó y el orgasmo le sobrevino. Evan se abalanzó sobre ella y buscó con la lengua el sabor inconfundible del éxtasis. Lydia lo apartó.

—Yo también quiero besarte —dijo.

Pero Evan hizo caso omiso de sus palabras, concentrado en hacerla gozar. Su propio cuerpo generaba tanto calor que parecía una central nuclear. Evan sintió cómo Lydia desabrochaba el último botón de sus vaqueros e introducía la mano dentro de sus calzoncillos.

—No voy a durar mucho si sigues así —señaló Evan.

—Esa es la idea.

Lydia le quitó la ropa interior, liberándolo y lo miró de arriba abajo. A su lado, parecía un hombre demasiado grande para ella. Pero se inclinó y lo besó en la suavidad de su sexo. Eso fue definitivo. Una gota escapó a su control y Lydia lamió su esencia. Evan la empujó sobre las mantas. Lydia abrió los ojos de par en par mientras Evan separa sus piernas y la penetraba sin más dilación.

Lydia notó cómo su cuerpo oponía cierta resistencia para entregarse un segundo más tarde. No paraba de jugar con su pelo y besarlo en el cuello. Clavó las uñas en la espalda de Evan mientras trataba de ahogar un gemido.

—Vamos, encanto, te voy a demostrar cuánto te deseo.

Todo se cuerpo se había relajado y Evan pudo notar que todas las barreras habían sido derribadas. Tenía la impresión de poder llegar hasta su alma. Sin apartar sus ojos ni un momento de los de ella, Evan sintió que algo había cambiado en su interior. Lydia se aferraba a él y el anuncio del inminente orgasmo recorrió el cuerpo masculino como un escalofrío. Lydia entrecerró los ojos y gimió con todas sus fuerzas.

En ese instante, Evan supo que Lydia era suya. Estaba hecha para él y no tenía ni idea de cómo podría retenerla a su lado.

Capítulo Nueve

A la mañana siguiente, Lydia se sentía una impostora. Una princesa de cuento que, después de ser rescatada por su príncipe, asumiera que la realidad no se correspondía con la felicidad eterna que le habían prometido. Jasmine mordisqueaba tranquilamente uno de sus juguetes. Desde que habían comprado una pomada para el dolor, la vida había recobrado la calma. Payne la estaba enseñando a tallar madera con un cuchillo mientras le relataba la historia de Florida. Evan las había invitado a ella y a la niña a comer.

Se sentía extrañamente feliz, a caballo entre dos mundos. Sabía que su actividad cotidiana no se correspondía con su verdadera existencia. No era posible. Su vida estaba en Manhattan, junto a su padre. Pero no podía evitar sentirse muy a gusto en casa de los Powell y en compañía de Jasmine.

Había conducido hasta el pueblo y había pasado por el taller. Su coche estaba casi listo. La carrocería estaba terminada, pero todavía faltaban algunos detalles en el motor. Boz había dicho que las reparaciones habían llevado más tiempo y habían costado más dinero que si lo hubiera declarado siniestro total. Pero cuando Lydia alabó su trabajo, el mecánico se enorgulleció y su aspecto se iluminó a pesar de la grasa que tenía sobre el mono de trabajo.

El restaurante estaba lleno hasta los topes. Lydia, con Jasmine en su regazo, oteó por encima de las mesas en busca de Evan. Este la vio y la saludó con la mano. Lydia atravesó el comedor entre la multitud. Todo el mundo se maravilló al ver cuánto había crecido la niña y el buen aspecto que tenía.

–Buenos días –dijo Evan.

A Lydia le hubiera gustado besarlo, pero supuso que a Evan no le haría mucha gracia una muestra pública de afecto delante de todos sus conciudadanos. Además, había algo muy íntimo y personal entre las gentes de Placid Springs y Lydia quería llegar a formar parte de ellos.

–¿Has sabido algo de los padres de Jasmine? –preguntó Lydia.

–Tengo una pista. Una adolescente se escapó con su bebé y las fechas coinciden.

Evan tomó a la niña en brazos y la sentó en una sillita alta. Jasmine le devolvió una sonrisa mientras un poco de saliva le caía por la mejilla. Sus grandes ojos marrones estaban fijos en Evan.

–Es la cosa más bonita que he visto nunca –dijo Evan.

El corazón de Lydia se estremeció, consciente de que no podía quedarse con ellos. Nunca encajaría en la tranquila vida rural del mismo modo que lo hacían Evan y Jasmine. En un par de semanas el coche estaría listo y abandonaría al único hombre que había logrado que se sintiera viva.

–Seguro que piensas que todas las niñas que babean son una monada –ironizó Lydia.

–Para serte sincero –sonrió Evan–, eso fue lo que me atrajo de ti. Eso y tu capacidad para replicarme sin pestañear.

Lydia esbozó una sonrisa mientras se escondía

detrás de la carta. En ciertos aspectos, encajaba a la perfección en Placid Springs. Lamentablemente no podía pasar las veinticuatro horas del día con Evan.

La camarera les tomó nota y trajo las bebidas. Un curioso silencio se instaló entre ellos. Lydia se preguntó si Evan estaba pensando en la noche que habían pasado junto al calor de la chumenea. La belleza de un encuentro salvaje y las emociones que seguían a flor de piel. Ella misma había sido incapaz de pensar en nada más durante la mañana. ¿Cómo era posible que un hombre que aseguraba que no podía amar llegara a rozar su alma?

–Te doy un penique por tus pensamientos –interrumpió Evan.

Lydia no hubiera aceptado ni un millón de dólares. Era consciente de que Evan solo deseaba su cuerpo. Pero ese trato ya no era suficiente. En realidad, nunca lo había sido. Lydia quería todo lo que Evan podía ofrecerla. Y lo deseaba para toda la vida y no durante las próximas dos semanas.

–Estaba soñando despierta –confesó Lydia.

–¿Sobre qué?

Evan se acercó y el aroma de la loción de afeitado la envolvió como un halo. La miró detenidamente y Lydia sintió su tacto como un guante de terciopelo sobre su piel. Se ruborizó antes de contestar.

–Sobre un imposible.

Evan apartó la vista y Lydia adivinó que había revelado demasiado, aunque en realidad no había dicho nada. Deseó no haber abierto la boca.

–¡Caramba! Hoy sí que hace calor.

–Sí, pero no es el calor lo que te hace sudar sino la humedad.

–Vaya, esto sí que resulta excitante. ¿Quieres

que discutamos acerca de las posibilidades de que llueva esta tarde o prefieres guardar un discreto silencio?

–¡Maldita sea, Lydia!

–Sí, maldita sea. No hagas preguntas cuyas respuestas deseas ignorar.

El silencio se acomodó de nuevo entre ellos. Ninguno de los dos quería hablar del tiempo. Lydia quería hacerse un ovillo y recuperar sus defensas. Pero Evan las había volado en mil pedazos sin siquiera notarlo.

–Te he invitado a comer por una razón –dijo Evan.

–¿Sí? –replicó Lydia temerosa.

–El Club de las Jóvenes Esposas quiere que des una charla en su local.

–¿Sobre qué? –preguntó Lydia agradecida.

–Sobre moda y complementos.

–Me encantaría –respondió ella con seguridad.

–Se reúnen los jueves por la tarde –Evan se aclaró la garganta–. Yo trabajo toda la semana, pero papá puede cuidar de Jasmine.

–A mí me parece bien –aceptó Lydia.

Llegó la comida, pero la tensión todavía era palpable entre ellos. La niña mordisqueaba una galleta especial. Evan y Lydia miraban por la ventana o vigilaban a Jasmine alternativamente. Lydia sintió un enorme alivio cuando terminó su plato. Se puso en pie y cargó con la niña.

–Gracias por la comida.

Limpió los restos de comida de la cara de Jasmine, se echó el bolso al hombro y guardó los juguetes en la bolsa de la niña. Evan también se levantó. La sujetó por el brazo antes de que se alejara.

–Ojalá pudiera ofrecerte algo mejor.

–Ya conozco la cantinela. Más pasión y menos amor –repitió Lydia.

–No estoy preparado para el amor, Lydia.

–No te creo. Todos estamos preparados para amar.

–Es posible. Pero algunos creemos que no vale la pena todo el sufrimiento que conlleva.

–¿Eso crees?

Evan no respondió, pero dejó caer el brazo y liberó a Lydia.

–Eres tú la que siempre se aleja de mí –dijo Evan.

Evan tiró varios billetes sobre la mesa y se alejó. Lydia lo miró mientras salía del restaurante. Era cierto que ella siempre huía. Era menos doloroso partir. Comprendió que Evan se alejaría de ella antes incluso de que recuperase su vida anterior.

Evan se concentró mientras practicaba uno de los movimientos de taekwondo. Imaginó un adversario frente a él y descargó toda su furia y frustración contra ese enemigo invisible. No podía quitarse a Lydia de la cabeza.

Había transcurrido una semana desde su desastrosa cita en el restaurante. Necesitaba un contrincante, pero no había nadie en Placid Springs que estuviera a su altura y no podía permitirse el lujo de conducir hasta West Palm Beach para entrenar con sus colegas debido a su horario de trabajo.

La tensión se había adueñado de toda la casa y, tan pronto como entraba en una habitación, Lydia encontraba una excusa para salir. La mayoría de las veces sus excusas eran muy pobres. Evan sabía que la culpa era suya. No debería haber sido tan franco, pero las convenciones sociales no eran de su estilo.

Terminó la sesión lanzando un puñetazo al aire que hubiera derribado un poste y notó cómo la sangre corría frenética por sus venas. Escuchó cómo alguien carraspeaba a sus espaldas, pero no se giró. Sabía que Lydia estaba de pie en la puerta de su cuarto de entrenamiento. Se le puso la piel de gallina. Se moría por volver a estar junto a ella, pero la distancia que los separaba era demasiado grande. Tan solo las palabras justas podrían salvar el vacío, pero Evan nunca las pronunciaría.

Sabía que encontraría en Lydia esa expresión algo vaga tras la cual acostumbraba a esconder sus auténticos sentimientos. También sabía que si se daba la vuelta no se contentaría con mirarla. La única vez que habían podido comunicarse plenamente había sido haciendo el amor.

–¿Podemos hablar? –preguntó Lydia.

Evan se agachó para recoger la toalla y se la enrolló alrededor del cuello mientras que con un extremo se secaba el sudor de la frente.

–Desde luego.

Escuchó sus pasos cruzando la habitación. Se sentó en el banco de las pesas. Evan se giró para mirarla. Estaba preciosa, deslumbrante y parecía muy tranquila.

–Me han pedido que ayude a las madres solteras tres días en semana –dijo Lydia–. Me gustaría mucho aceptar, pero eso te obligaría a hacerte cargo de Jasmine esos tres días.

Para ser una mujer que había sido incapaz de responder al teléfono con soltura en su despacho tenía un verdadero don para relacionarse con los demás. Shanna nunca había querido mezclarse con la gente de Placid Springs. De hecho, Evan se había sorprendido cuando Lydia había aceptado dar una charla sobre moda. Pero Shanna y Lydia eran completamente diferentes. Y por eso le resultaba tan duro resistirse.

–No hay problema. La iglesia baptista tiene una guardería. Pensaba llevar a Jasmine ahí cuando te hubieras marchado –contestó Evan.

Lydia se acurrucó sobre sí misma y su imagen se volvió frágil.

–¿Alguna noticia acerca de la madre o del padre de Jasmine?

–Todavía no. Estamos a punto de dar con ellos. Podrías preguntar por ahí para ver si averiguas algo.

–Lo haré –aseguró Lydia.

–¿Eso es todo? –preguntó Evan.

Necesitaba estar a solas. El gimnasio era la única habitación de la casa que no guardaba recuerdos de ella y quería mantenerlo así. Era su lugar de retiro después del trabajo, alejado de las responsabilidades diarias. Ahora ella lo había invadido. Tenía que ser capaz de encontrar un poco de sosiego. Pero no podía si ella se quedaba allí.

–Supongo.

Lydia se puso en pie, pero no se movió.

–No soporto esta situación. Echo de menos hablar contigo –dijo Lydia.

Evan sentía lo mismo, pero no podía confesarlo. Se sentía demasiado vulnerable. Ella avanzó hacia él despacio y se detuvo antes de estar a su alcance. Deseaba abrazarla y fundirse con ella hasta formar un solo ser. Pero ella no se quedaría y sabía que ni él ni Placid Springs eran la meta de Lydia.

–¿Qué es lo quieres de mí, Lydia?

–No lo sé. Pero no me conformo con lo que compartimos la semana pasada.

–Eres tú la que se marcha dentro de unos días.

–Ya lo sé. Pero no estoy segura de lo que quiero.

–Yo no sirvo para decirte cosas bonitas o regalarte los oídos con promesas de amor eterno, pero si decides quedarte me gustaría que fuéramos amantes.

–¿Y qué hay del amor?

–Ya te he dicho que no estoy hecho para el amor.

–¿Por qué no? –preguntó Lydia.

–Supongo que me educaron así.

–Eso no es más que una fachada –rechazó Lydia.

–¿Cómo puedes estar tan segura?

–El vaquero duro y estoico es un tópico y no se parece en nada a ti.

–A veces resulta más fácil cumplir con los tópicos –dijo Evan.

–Ya lo sé.

–¿De veras?

–Eh, soy la típica rubia fría y distante que va a todas las fiestas. Nada excepto coches caros, ropa de marca y muchos hombres.

–¿Por qué habrías de quedarte en Placid Springs?

–Soy más de lo que aparento.

–Sí, eso es cierto –admitió Evan.

–Y, del mismo modo, tú eres mucho más que el típico vaquero.

Evan sabía lo que Lydia esperaba de él. Pero su instinto lo hizo moverse con prudencia.

–Una vez intenté adaptarme a tu modo de vida. Pero, pese a todos mis esfuerzos, no funcionó.

–No te comprendo –señaló Lydia.

–El horario de oficina no va conmigo. Mi anterior matrimonio se rompió por varias razones. Una de ellas fue que tanto Shanna como yo fingíamos estar enamorados.

—¿Por qué tenías que fingir?

—Porque no nos queríamos —dijo Evan y siguió antes de que Lydia pudiera responder—. Es una patraña que las parejas traten de convencerse entre sí de que vale la pena sacrificar sus sueños en virtud de un futuro en común.

Lydia movió la cabeza y lo miró fijamente. Sus grandes ojos azules eran como dos rayos capaces de atravesar todas las capas hasta llegar al corazón de Evan y descubrir la verdad de sus emociones.

—El amor nunca miente —replicó Lydia—. ¿Acaso tu padre te miente?

—No, pero tampoco me dice nunca que me quiera.

—Pero tú sabes que te quiere.

—¿Cómo puedo saberlo? Nuestra relación se basa en la amistad y el respeto mutuo.

—Hay mucho más que eso.

—No es cierto. Tan solo las mujeres se preocupan por el amor. Los hombres somos más prácticos y aceptamos los hechos tal y como son.

—¿Estás diciendo que todas las mujeres viven engañadas?

—No, pero sienten la necesidad de catalogar todas las relaciones.

—Tú también decidiste que nuestra relación sería simple lujuria.

—Sí, pero yo sabía que el amor no existe. Y que una mujer de ciudad nunca se quedaría a vivir en un pueblo perdido en medio de Florida.

—No si insistes en comportarte así —agregó Lydia.

—Yo solo trato de ser realista —se defendió Evan.

Lydia agarró los dos extremos de la toalla que Evan llevaba al cuello y acercó su rostro al de él hasta el punto de tocarse.

—Te reto —dijo Lydia.

—¿A qué?

—A qué dejes a un lado esas ideas obsoletas y te enfrentes a la realidad.

—¿Qué realidad?

—El afecto, el cariño y la familia. ¿O acaso te asusta?

—No me asusta ninguna mujer —respondió, convencido de que las palabras mentían.

—Bien. Tenemos un trato.

—No estoy muy seguro de lo que hemos apostado.

—Voy a demostrarte que el amor es mucho más que unas cuantas frases bonitas.

—¿Y si no lo consigues?

—Entonces habré perdido la apuesta —concluyó Lydia.

Dicho lo cual se dio media vuelta y abandonó la sala de entrenamiento.

Evan estaba confundido. Pensaba que se habían condenado al purgatorio, pero no sabía qué hacer. Deseaba alcanzar el pedazo de paraíso que ella había insinuado aunque para ello tuviera que pasar toda la eternidad en el infierno.

El coche de Lydia seguía en el taller por culpa de un malentendido con el fabricante. Habían enviado desde la central una pieza de otro modelo. Lydia no lo lamentaba. No tenía prisa por abandonar Placid Springs y tenía la sensación de que Evan la invitaría a marcharse tan pronto como le entregaron su automóvil. Durante las últimas semanas había recuperado su energía. Había estado más ocupada que nunca en el pasado. La gente empezaba a depender de ella para más cosas que las obras de caridad y eso la asustaba un poco. Pero poco a poco esa dependencia la hizo más fuerte. Era como si se estuviera convirtiendo en la mujer que su madre hubiera querido.

Trabajaba en calidad de voluntaria tres tardes por semana. Era un reto que la compensaba con creces. El Centro Social llevaba tiempo buscando a alguien que se ocupara de atender a las madres solteras, en su mayoría adolescentes necesitadas de una buena dosis de auto estima. Lydia había comprobado que sus consejos habían surtido efecto en más de un caso.

Las chicas del Centro admiraban su estilo a la hora de vestir, pero se mostraban reacias a compartir con ella sus opiniones. Lydia las había enseñado algunos trucos que ella había aprendido de su madre. Ahora las adolescentes habían recuperado su confianza en sí mismas.

Cada vez que regresaba a casa Jasmine la recibía con sonrisas y muecas. Lydia no sabía cómo podría resistir su marcha cuando encontraran a su madre. Echaba mucho de menos a la niña cada vez que se separaban. La asustó lo rápido que habían crecido unos lazos de afecto que eran solo temporales.

–Hasta la próxima semana, Lydia –se despidió Charlotte.

Era la mujer encargada del Centro de Acogida y a Lydia le caía bien. Era severa pero muy cariñosa y todas las chicas la respetaban y la querían. Todas sabían que Charlotte daría la cara por ellas en cualquier situación, pero a cambio exigía sinceridad.

Lydia echaba de manos a su padre. Había dejado un nuevo mensaje, aunque ahora tenía otras razones para no querer hablar con él. No quería que su mundo de fantasía se terminase. Nunca creyó que tuviera que echar mano de medidas tan extremas cuando solo se habían tenido el uno al otro en el mundo. Pero Lydia debía aceptar que había encontrado otro nexo de unión junto a Evan y Jasmine. Deseaba que su padre pudiera formar parte, pero sabía que nunca aceptaría que ella se casara con alguien como Evan. ¿Acaso su opinión todavía contaba?

Evan estaba apoyado en su camioneta, esperándola. Los vaqueros gastados y la camisa hubieran resultado informales en otro hombre, pero en él eran como su segunda piel. El pulso de Lydia se aceleró mientras cruzaba corriendo el aparcamiento. Habían acordado una tregua. Lydia había ido ablandando el terreno a base de afecto. Gracias a eso, había logrado convencer a Evan de que pasara a buscar a Jasmine por la guardería antes de ir a esperarla a ella. Eso les daba la oportunidad de comportarse como una familia. Exactamente lo que Lydia anhelaba.

No habían vuelto a acostarse desde la noche en la casa de campo. Era una tortura verlo a diario. Preparar las comidas, ir de compras y compartir el asiento del coche para acabar por la noche sola. Evan nunca iniciaba una conversación y solía almorzar pronto para no coincidir con ella. Lydia presentía que quería guardar las distancias y solo quería matener una buena amistad. Al menos, eso era lo que se desprendía de su actitud. Pero Lydia deseaba más que nunca sentir su brazo alrededor de su cuello por las noches. Suspiraba por volver a ser suya. Esa noche se había propuesto hacer algo al respecto, pero Evan era su primer amante y no sabía cómo comportarse.

Había llegado, en su desesperación, a tomar

prestado del Centro un ejemplar de la revista *Cosmopolitan*. La portada rezaba el siguiente titular: «Cómo mantener a tu hombre satisfecho». Lydia confiaba en que viniera todo al detalle.

Jasmine estaba en brazos de Evan y le babeaba el cuello de la camisa. Él estaba inclinado sobre la niña y le hablaba en voz baja. Lydia sonrió al verlos. El sol estaba a punto de ponerse, pero todavía hacía calor. Sintió los últimos rayos sobre la piel y respiró el aire fresco del atardecer. Se acercó a la niña y la besó en la mejilla, la niña se volvió hacia ella. El aroma a bebé y a fresas la asaltaron. Quería abrazarla tan fuerte como fuera posible.

La tomó en brazos y esperó a que Evan abriera la puerta del coche. Una vez abierta, Evan la ayudó a colocar a la niña en su silla. Lydia tomó su mano y lo acarició.

—Lydia —dijo Evan.

—¿Qué?

—Mira, me encuentro en una situación difícil, estoy agarrado a un clavo ardiendo.

—No será por mí —replicó Lydia.

Evan la miró igual que un depredador miraría a su presa.

—Sé que podrías enamorarte fácilmente.

Lydia se preguntó cómo podía decir algo así. A no ser que estuviera equivocada, era la primera vez en su vida que encontraba algo parecido al amor.

—Por favor, no vuelvas a compararme con tu ex mujer.

—No te pareces en nada a ella —dijo Evan.

Tomó su cara entre sus manos y la besó en la mejilla con dulzura.

—Evan, no sé qué pensar —dijo Lydia perpleja.

—Yo tampoco, pero no quiero herirte.

—No lo has hecho.

—Pero lo haré. Deja que te proteja.

¿Cómo podía protegerla si le rompía el corazón? Eso no era posible, pero era lo que Evan quería.

—Tengo noticias –añadió él.

—¿Acerca de la madre de Jasmine?

—No. Pero la asistente social ha encontrado una familia de acogida para ella.

Lydia quería gritar. Era demasiado pronto y no estaba preparada para perderla.

—¿Cuándo?

—La semana que viene.

—¿De veras? –preguntó.

—De hecho la familia ya está lista, pero supuse que tú no lo estarías.

Lydia estaba a punto de echarse a llorar.

—No creo que llegue a estarlo nunca –sollozó Lydia–. ¡Oh, Evan! ¿Qué vamos a hacer?

—Haremos lo correcto –dijo con calma.

—Lo correcto sería que se quedara con nosotros –insistió Lydia.

—No estamos casados.

—Ya lo sé. No pensé que eso fuera tan importante.

—Puede que no lo sea en la gran ciudad, pero aquí es necesario –señaló Evan.

—Pero nosotros somos su familia.

—Tenemos que acatar las leyes, Lydia.

—Yo no.

Evan arrancó el motor y sacó el coche de la plaza de garaje.

—Sabías que era algo temporal. La única duda consistía en saber quién de las dos se marcharía antes.

Las palabras de Evan la hirieron profundamente y Lydia comprendió que el vaquero solo había querido protegerse a sí mismo. Y a tenor de sus palabras, no lo había logrado. Lydia se acercó al asiento del conductor y puso su mano sobre la de él. Evan apretó con fuerza y ella se sintió a gusto. Un rayo de esperanza se abría paso en medio de la tormenta. Un cúmulo de emociones sobresaltaron su corazón y, en apenas su instante, Lydia tuvo la certeza de que lo amaba.

Capítulo Diez

Evan se quedó de pie junto a la cerca mirando el cielo estrellado. Nunca había sospechado que llegarían a importarle tanto Jasmine y Lydia, pero esa noche se había dado cuenta de la cruda realidad. Tampoco era fácil aceptar que, pese a su experiencia previa, estaba tan desarmado como cuando Shanna lo abandonó. En todo caso, esta vez era mucho más doloroso.

–¿Estás bien, hijo?

–Sí, papá.

Su padre se situó a su lado, junto a la valla. Estaba fumando. Aspiró una calada profunda y luego tosió.

–El tabaco terminará conmigo un día de estos –dijo Payne.

–Deberías dejarlo –dijo Evan ante la idea de perder a su padre.

Payne se limitó a asentir con la cabeza. Había envejecido y empezaba a encorvarse un poco. Ya había dejado de ser el ranchero fuerte de su niñez. Evan se sentía culpable por haber dejado pasar el tiempo sin preocuparse demasiado.

–Lydia me ha dicho que la niña tiene que irse –señaló Payne.

–Ya han encontrado un hogar para ella –reseñó Evan.

–Esa pequeña me ha robado el corazón, pero reconozco que estará mejor con una familia.

Evan admiraba la actitud de su padre. Deseaba ser como él, pero no era así. Los ciclos de la vida siempre habían escapado a su control. De pequeño había odiado que criaran ganado como comida en el rancho. Había liberado a tantos cerdos, pavos y pollos como le había sido posible hasta que su padre había dejado de criarlos. Sabía que no actuaba así solo por diversión. Odiaba la idea de perder a una mascota o a un amigo. Incómodo ante esos recuerdos, Procuró llevar la conversación hacia otro terreno. No quería volver a discutir con su padre acerca de la posibilidad de hacerle abuelo. Esa noche solo podía pensar en la partida de Jasmine. Lydia se marcharía al poco tiempo y él volvería a estar solo.

–A Lydia le está costando aceptarlo –dijo Evan.

–Es normal. Ha pasado casi todo el tiempo con ella.

Evan quería estar a su lado. Hacerla sentir que podía contar con él, pero no era posible. Había cosas que no podían ocultarse.

–¿Has vuelto a pensar en lo te dije?

–¿En qué, papá?

–En mis nietos.

–No, por Dios.

Payne se volvió en dirección al establo, pero se detuvo a los pocos pasos.

–Yo dejaré de fumar si tú decides sentar la cabeza y formar una familia.

Su padre era tan cabezota que no cejaría hasta conseguir que Evan volviera a pasar por la vicaría. Evan se encaminó a la casa. Las estrellas iluminaban la noche y la Madre Naturaleza desplegaba todos sus atractivos. Llegó hasta el porche, pero decidió que no estaba preparado para entrar. No quería encontrar los juguetes de Jasmine esparcidos por el suelo del salón o el biberón junto al fregadero de la cocina. Escuchó una nana que provenía de la ventana de la habitación. No tardó en reconocer la voz de Lydia. Había hecho un gran trabajo para ser una chica de ciudad. Mejor de lo que cualquiera hubiera esperado de ella.

Mejor, en todo caso, de lo que él había supuesto. Claro que su predisposición no era la mejor en esos momentos. Evan era el primero en admitir que podía ser un poco cínico en algunos momentos, pero eso no serviría como excusa para explicar su comportamiento con Lydia. Tenía la impresión de que la había forzado a enfrentarse con una situación que le sobrepasaba para ver cómo se las apañaba. Nunca se le ocurrió que Lydia pudiera llegar a encariñarse tanto con Jasmine. Seguramente porque no se había molestado en conocer a la mujer que se ocultaba bajo la máscara de chica desenvuelta de la costa este.

Aunque era la clase de mujer a la que jamás habría querido herir, estaba seguro de que la había insultado en más de una ocasión. Con la máxima discreción, entró sigilosamente en la casa y subió las escaleras hasta la primera planta. Se quedó paralizado en medio del pasillo, temeroso de ir más allá. En lo más profundo de su ser sabía qué lo impulsaba a seguir. Era mucho más que una mujer atractiva con la que pasar la noche. Más que un rancho próspero y una pequeña localidad tranquila. En la puerta de la improvisada habitación de invitados, comprendió que lo que más deseaba era una familia. ¿Lydia y Jasmine? Evan evitó contestar esa pregunta. Ya había hecho frente a demasiados fantasmas esa noche para entablar una nueva batalla. Jasmine lo miró por encima del hombro de Lydia.

–Pa…pa…pa –balbuceó.

Lydia se dio la vuelta y se encaró con Evan.

–¿Has oído eso? –preguntó.

Evan lo había oído perfectamente.

–Solo balbucea. Todos los niños lo hacen.

–Tienes razón –dijo Lydia y besó a la niña en la cabeza.

La acostó en su cuna y la arropó con una manta de algodón antes de abandonar la habitación sin hacer ruido. La luz del pasillo incidió sobre su pelo rubio y arrancó destellos dorados. Si Evan hubiera sido poeta habría compuesto unos versos que le hicieran justicia. En su lugar, solo pudo pensar en la primera luz del amanecer en el horizonte.

–¿Estás bien? –preguntó Evan.

–No me vendría mal un abrazo –dijo Lydia.

Evan abrió los brazos y Lydia se apretó contra él. Apoyó la cabeza sobre su corazón.

–No quiero perderla –dijo Lydia.

Evan buscó las palabras adecuadas para proporcionarla cierto consuelo, pero no encontró nada que decir. Notó la camisa húmeda por culpa de las lágrimas de Lydia y se aferró a ella con más fuerza. Evan no podía imaginar la casa en silencio cuando Lydia se hubiera marchado.

En los brazos de Evan se sentía segura y a salvo. Lydia sabía que tenía que tomar una decisión sobre su futuro. El plazo se acababa y huir no parecía una buena idea. Mirando hacia atrás, Lydia comprendió que haberse escapado de casa no había sido muy inteligente. En aquel momento no había tenido otra alternativa, pero ahora no quería precipitarse. No lamentaba haber salido de Manhattan porque de lo contrario nunca habría conocido a Evan ni a Jasmine.

Lydia se secó la nariz con la mano pero, ante sus ojos, apareció un pañuelo blanco que Evan sostenía frente a ella. Se inclinó para que él la sonara con delicadeza. Hundió la cara en el hombro de Evan para ocultarle su debilidad. En ese instante dudaba de su propia entereza. Envidió el aplomo y la fuerza de ánimo de la que siempre hacía gala Evan. Quizás si se quedaba junto a él desaparecería parte de su desgracia.

Lydia sabía que Evan tampoco quería desprenderse de Jasmine. Era un hecho que había comprobado esa misma tarde en el aparcamiento al ver el inmenso cariño que demostrara hacia la niña. Toda su expresión había revelado esa certeza. Evan no dejaba de frotar su espalda y Lydia guardó el pañuelo en el bolsillo. Estaba cansada y quería compartir con él el peso de la tristeza. Sabía que nunca llegaría a formar parte de su vida mientras él no la amara, algo que aseguraba que no podría hacer. Necesitaba a alguien en quien apoyarse. Lydia lo había intentado en otra ocasión, pero ahora que la realidad se cernía sobre ellos como un agujero negro que fuera a engullir un pequeño planeta, no podía dejar de temblar. Sus planes habían fracasado. Había intentado crear la ilusión de una familia para conquistar a Evan sin pensar en que, antes o después, Jasmine tendría que salir de sus vidas.

Lydia sollozó de nuevo. Evan murmuró algunas palabras al oído llenas de ternura, apenas audibles. Lydia sintió cómo su corazón se derretía. No podía entender su actitud, pero lo amaba ciegamente.

Evan trataba de consolarla ofreciéndole lo único que ella necesita, la cercanía de otra persona. Lydia quería avisarlo de que estaba traicionando el estereotipo del vaquero duro y solitario, pero su corazón no estaba para bromas. Era como si el destino se complaciera al ver que siempre salían heridos emocionalmente de cada uno de sus fugaces encuentros.

Se irguió y lo besó. Cada beso era un pedazo de cielo. Evan se dejó caer hacia atrás y levantó a Lydia entre sus brazos. Lydia gimió, echó la cabeza a un lado y trató de recuperar la iniciativa del beso. Evan la había permitido hacerse con el control porque sabía que no tenía nada de lo que preocuparse. Lydia deseaba alejar todas las preocupaciones de su cabeza en ese momento.

Evan aguantaba su peso en el aire con un solo brazo mientras con el otro la acariciaba la espalda. Ella siguió pegada a él, aspirando su aroma y memorizándolo. Quería interiorizar su esencia en lo más profundo para poder recurrir a ella cuando se hubiera marchado. A Lydia le costaba aceptar que Evan nunca se transformaría en el hombre que ella deseaba. Una persona que acataría sus órdenes y aceptaría el dinero de su padre. Sin embargo, se había enamorado de un hombre de principios que prefería renunciar a la persona amada antes que traicionar esos valores.

Lydia se apartó para tomar aire. Lydia lo miró y pensó en la forma en que Evan había llevado todo el asunto de Jasmine. Había buscado con ahínco a los verdaderos padres y había recibido con calma la noticia de su marcha. ¿Acaso actuaría con la misma parsimonia cuando ella tuviera que irse? Lydia no sabía qué pensar.

Evan la dejó en el suelo. Y supo que ese abrazo lo había afectado tanto como a ella. Su erección confirmaba esa intuición. Quería llevarlo a su habitación y hacer el amor con él durante toda la noche.

–¿Estás mejor? –preguntó Evan.

–Lo estaré. Siento haberme derrumbado –replicó Lydia con ternura.

–Olvídalo. No estás acostumbrada a este tipo de situaciones.

Lydia no terminaba de comprender y no estaba segura de querer hacerlo.

–¿Qué día tienes que entregar a Jasmine a su nueva familia?

–El lunes.

–Todavía nos queda el fin de semana –suspiró–. Hagamos algo divertido. Solo los tres.

–No.

–¿Por qué no?

–¿Por qué? ¿De qué serviría pasar más tiempo con ella? Se va a marchar, Lydia.

Lydia asumió que se enfrentaba a una imagen forjada durante años. Evan estaba decidido a no involucrarse emocionalmente más de lo necesario y nada de lo que ella pudiera decir lo haría cambiar de opinión.

–Me gustaba la idea de comportarnos como una familia –señaló Lydia.

–A mí también. Pero no es real.

–¿Y si lo fuera?

–No tiene sentido pensar en imposibles.

–No seas tan cínico.

–Tengo que serlo.

Evan se dirigió hacia el pasillo pero Lydia lo detuvo.

–No estás solo en esto, ¿sabes?

–Pronto lo estaré.

Lydia esperó porque supuso que Evan tenía más cosas que decir a tenor de cómo la estaba mirando.

–Antes o después tú también te irás. En este

momento, la idea de perder a Jasmine te resulta intolerable. Pero eso ocurre porque nunca antes has pasado por algo así.

Evan se soltó y se alejó. Lydia sabía que tenía razón. ¿Cómo podía esperar que él la pidiera que se quedase si ni siquiera sabía si quería hacerlo? No podía esperar que Evan saltara al vacío si ella no estaba dispuesta a hacerlo. Y no podía irse cuando su corazón le decía que había encontrado junto a él la felicidad soñada.

Evan se sentía como un animal atrapado por su mal juicio. Había rechazado un turno doble para el fin de semana y ahora tenía que ir al juzgado para citarse con Lydia y Jasmine. Después tendría que acompañar a la niña al departamento de Servicios Sociales. Sonó el teléfono y lo contestó con desgana. Nadie habló del otro lado. Entonces escuchó un suave aclarado de voz.

–¿Evan?

–Sí, Lydia.

–¿Estás bien?

–Estoy bien –mintió Evan–. ¿Ocurre algo?

–¿Podría pasar por la comisaría y dejar a Jasmine contigo? No quisiera asistir a…

Evan escuchó un sollozo al otro lado y sintió rabia por no estar a su lado para consolarla. La realidad es que compartían un mismo dolor. Y era muy profundo.

–Claro, encanto. Puedes traer a Jasmine.

–Gracias –respondió Lydia y colgó.

Evan tenía la piel de gallina. Nunca había sentido nada semejante. No tenía por qué afectarlo tanto que un bebé del que se hubiera hecho cargo unos días fuera a Asuntos Sociales. Ya no habría más risas ni lloros en el rancho. Y no debería afectarlo que la chica con la que estaba liado no quisiera entregar a la niña. Pero todo eso lo afectaba mucho.

Nunca había creído que una mujer como Lydia pudiera querer a un bebé. Y ahora sabía con certeza que ella amaba a Jasmine. A pesar de ser una situación temporal, Lydia se había entregado son restricciones y eso la había vuelto muy vulnerable. Algo que Evan nunca hubiera hecho.

En la comisaría todos esperaban que se fuera. El ayudante Hobbs había adquirido suficiente experiencia e, incluso, había preguntado a Evan si iría al gimnasio a desahogarse. Hasta se había ofrecido para un combate. Evan estaba a punto de aceptar su oferta cuando la recepcionista lo avisó de que alguien preguntaba por él.

La joven que estaba sentada en su despacho no tendría más de quince años. Tenía el pelo largo y liso, teñido de negro. Llevaba aretes en la boca, la nariz y las cejas. Vestida en traje de faena, parecía recién salida de una sangrienta batalla. Sus ojos eran del mismo color que los de Lydia, pero su mirada había perdido la inocencia. Solo revelaban cansancio.

—Buenos días, señorita. Soy el sheriff Powell. ¿Qué puedo hacer por usted?

—Soy Eden Levene. Yo…sheriff…

—¿Sí?

La joven bajó la vista y empezó a juguetear con las correas de su mochila. Evan se preguntó si no tendría un lío de drogas con algún novio. Era algo común entre los adolescentes. Hacía falta valor para presentarse en la comisaría.

—Sea lo que sea, estoy aquí para ayudarte —dijo Evan.

–Ya lo sé –respondió ella con un hilillo de voz–. Abandoné a mi niña en la puerta de su casa.

Evan se sentó mientras intentaba aceptar esa confesión. Era muy interesante. La madre aparecía unos días después de que el departamento de Asuntos Sociales hubiera tomado cartas en el asunto. Resultaba algo extraño.

–Y ahora quieres recuperar a tu hija.

Evan había asistido a esa misma escena un centenar de veces. Pero el juez no devolvería a la niña con su madre hasta que no pagara por el abandono de su hija. Evan estaba dispuesto a interceder si era necesario. No quería que Jasmine terminase de esa guisa cuando cumpliera quince años. Lucharía por la niña hasta perder el aliento si fuera necesario.

–No, quiero que se quede con usted.

–Las cosas no funcionan así –dijo Evan.

–Yo crecí siguiendo las reglas y no quiero que Jasmine pase por lo mismo.

–Hija, no me conoces de nada.

–Sí que lo conozco. He visto su casa. Y una de mis amigas ha conocido a su mujer en el Centro Social.

Evan no podía creerse que ni siquiera hubiera notado que esa chica había estado fisgoneando en su propiedad.

–¿Cuándo?

–Normalmente durante el día, mientras usted estaba trabajando. Al principio me asusté porque parecía algo brusco y su aspecto me impresionó. Pero entonces vi a su mujer con Jasmine. Es mucho mejor madre de lo que yo nunca llegaré a ser. Solo quiero una oportunidad para mi niña, por favor.

Evan se recostó en su silla asaltado por la imagen de Lydia. La idea de quedarse con Jasmine era algo en lo que no había pensado. Y podía ser la solución ideal. Pero antes tendría que solucionar el problema de la madre. Puede que él pudiera intervenir. Tendría que averiguar de qué estaba huyendo Eden. La idea de casarse con Lydia se quedó flotando en su cabeza. Esta vez acudiría al matrimonio con los ojos bien abiertos. Nada pactado ni convenido. Lydia tenía algunos complejos al respecto, pero los superaría.

Hacían una buena pareja, una pareja excelente. Una gran familia si incluía a Jasmine. Ella era su media naranja. Y además podrían quedarse con la niña. Evan no se había dado cuenta de lo mucho que necesitaba a Jasmine hasta que había tenido que entregarla. Pero, si se quedaba con ella también se quedaría con Lydia.

–No es tan sencillo –dijo Evan.

–¿Qué es lo que hay que hacer? –preguntó Eden con firmeza y resolución–. No quiero que mi hija crezca en un montón de hogares de acogida.

–¿Tienes tiempo para acompañarme al Departamento de Asuntos Sociales?

–Sí.

Capítulo Once

Lydia estaba hecha un manojo de nervios. En la comisaría, la secretaria le había dicho que regresara a casa y esperase a Evan. Había prometido llegar a las cinco, pero ya eran casi las seis. ¿Dónde diablos podía haber ido?

Sabía que era una cobardía, pero necesitaba que él se hiciera cargo de la niña para poder lamerse las heridas en privado. Ninguno de sus amigos de la ciudad la reconocería si pudieran verla en ese momento. Se había operado en ella un cambio radical. Ahora prefería involucrarse en los problemas en vez de lavar su conciencia con un cheque al portador. Lydia no era consciente de lo que se había perdido. Jasmine le había abierto los ojos a un mundo totalmente nuevo y ella estaba muy agradecida. Pese a tener el corazón roto no habría cambiado por nada del mundo los días que había pasado con la pequeña. Le picaba la nariz y comprendió que estaba a punto de echarse a llorar. Necesitaba mantenerse entera. No quería volver a esconderse en los brazos de Evan sollozando. Además, se hacían demasiado daño siempre que intentaban comunicarse sus emociones.

—Mammama…ma…ma.

Lydia dio un respingo y se volvió hacia Jasmine, que la estaba mirando. Fue hasta el parque en el que la pequeña jugaba rodeada de los juguetes que Evan y ella habían comprado.

–Mamá.

Lydia se llevó la mano al corazón y levantó a la niña en brazos. La apretó contra sí, oliendo su piel suave. La idea de separarse de ella la martirizaba. Solo pensaba en cuidarla y darle todo su amor. Eso era lo único que quería. Un hogar y una familia propia.

Su padre había despertado en ella ese impulso cuando se había empeñado en casarla. Pero el hombre idóneo no vivía en Manhattan. Había tenido que conducir cientos de kilómetros para encontrarlo.

–Oh, cielo mío, voy a echarte tanto de menos.

Alguien carraspeó y Lydia descubrió a Evan en la puerta del salón. Había algo en la mirada de Evan que hizo que Lydia se desmoronase y no tardaron en aparecer las lágrimas. Buscó la mantita de Jasmine y se secó los ojos.

–Me había jurado que no volvería a llorar.

Evan entró en el salón. Actuaba con determinación, sin vacilar, y Lydia se sintió en cierto modo orgullosa de su hombre. Aunque no quisiera admitirlo, los dos estaban unidos por un vínculo profundo.

–¿Dónde has estado? –preguntó Lydia con aparente calma.

–La madre de Jasmine ha venido a verme esta mañana.

El sueño de que ellos tres pudieran llegar a formar una familia se había esfumado en un segundo.

–Quiere que nosotros nos quedemos con Jasmine –prosiguió Evan.

–¿Por qué? –preguntó Lydia perpleja.

–Nos ha estado vigilando. Cree que tú podrás proporcionarle a Jasmine todo el cariño que la niña necesita y que yo podré protegerla contra las malas compañías.

–¿Puede entregarnos a Jasmine? ¿Eso es legal?

–No. Pero he hablado con Asuntos Sociales y han accedido a concedernos un periodo de prueba hasta que solicite a la niña en adopción.

–Oh, Evan, eso es magnífico.

Evan se aclaró la garganta y miró a la niña en brazos de Lydia mientras hablaba.

–Quiero que te quedes, cariño. Jasmine necesitará una madre.

Lydia se estaba derritiendo por dentro. Eran las palabras que había esperado oír. Aunque Evan hubiera asegurado que no creía en el amor, Lydia sabía que sentía algo por ella. Y también quería formar parte de esa familia.

Pensó en su padre y en cómo reaccionaría si le contaba que había encontrado un hombre y que iba a casarse con él. Sabía que en el fondo de su ser se alegraría por ella. Al fin y al cabo, su primera intención era casarla.

–¿Me estás pidiendo que vivamos juntos?

–Quiero que te cases conmigo.

Lydia no pudo evitar saltar de alegría al oír la proposición.

–Sabía que querías algo más que una simple amante, pero no pensé que llegaras tan lejos.

Mientras la miraba, toda la alegría que irradiaba Evan se desvaneció al instante. La ansiedad se adueñó de Lydia mientras aguardaba lo peor.

–¿De qué estás hablando, Lydia?

–Te quiero.

–Oh, encanto…

El instinto le advirtió que no siguiera hablando, pero Lydia no podía parar. Tenía que poner todas las cartas sobre la mesa. Era su oportunidad.

–¿Tú también me quieres, verdad?

Evan acarició su mejilla y el tacto rugoso de su palma contradijo la ternura de su gesto. Lydia disfrutaba con la forma en que Evan le sujetaba la barbilla.

–No –dijo Evan.

Ella se estremeció. Enmudecida, bajó los ojos. Fijó la mirada en una alfombra india hecha a mano que había comprado en la tienda del Centro Social. ¿Cómo era posible que tanta ternura no implicara un cierto amor? ¿Por qué había pronunciado esas fatídicas palabras? Ahora era más vulnerable que nunca. Ella le había entregado su amor, igual que a su padre. Ambos lo habían utilizado contra ella. Eso debería haberla llevado a rechazar el amor, pero no podía renunciar a él.

Lydia hubiera querido retirar su declaración, pero era demasiado tarde. La mirada de Evan no dejaba lugar a dudas.

–Ya te dije lo que sentía con respecto al amor.

–Podría volver a casa y casarme con un millonario que no me amara.

–¿Huyes de él?

–Sí.

–Al menos, yo me preocupo por ti. Soy el único hombre con el que has hecho el amor y eso debe significar algo.

–Claro que sí. Pero yo no tengo miedo de admitir lo que siento por ti.

¿Cómo podría vivir así? Tenía que escapar. Pero huir en medio de la noche no era una buena solución. Tenía que pensar en algo.

–Demuéstramelo y cásate conmigo.

–No puedo –replicó Lydia.

Una parte de ella deseaba asumir ese riesgo y quedarse con él y con Jasmine. Era lo que más deseaba en este mundo, pero no como para sacrificar su auto estima. Y vivir con un hombre que no la quería sería su perdición.

Evan recordó la imagen que de él se había formado Eden. Un hombre fuerte y capaz de proteger a Jasmine de todos los peligros. Había sentido algo parecido el primer día de clase en la academia del FBI. Esa misma presión que lo impulsaba a buscar algo que no estaba seguro de llegar a conseguir.

Lydia llevaba puesto uno de sus modelos de diseño en vez de una de sus camisas y unos vaqueros rotos que había comprado en un mercadillo de artesanía. Tenía un aspecto demasiado elegante para los gustos de Evan. Lydia merecía una gran ciudad repleta de las mejores tiendas. Acudir al teatro y al auditorio. Él, sin embargo, se limitaba a los pantalones vaqueros, la cerveza y el rodeo anual. Se preguntó si tenía derecho a pedirle que se quedara y que renunciara a todo aquello.

Sabía que había un montón de hombres en el mundo dispuestos a entregarle su amor. Puede que nunca llegaran a conocerla tan bien como él, pero sabrían regalar sus oídos con bonitas palabras.

–Supongo que no hay nada más que decir sobre el tema. Cuéntame en qué consiste el proceso de adopción –dijo Lydia.

–Preferiría que discutiéramos lo nuestro.

–Es mejor que no. Ahora mismo no me encuentro de humor –admitió Lydia.

–No me importa. Puede soportar tu ira.

–Pero yo no –reveló Lydia.

Evan pudo notar la lucha interior de Lydia. Sabía que era el causante de tanto desasosiego y eso le dolía. Pero seguía queriendo que ella se quedara a su lado.

—Por favor, piensa en ello —dijo Evan.

Evan se acercó a ella. Jasmine, en el regazo de Lydia, se interponía entre los dos. Resultaba muy agradable abarcar a las dos entre sus brazos. Le hacía sentir que podía protegerlas, pero sabía que no duraría para siempre. Puede que esa fuera la razón por la cual no había pronunciado las palabras mágicas.

—Podría mentirte y decir que te quiero, Lydia.

Ella se separó y fue hasta la otra punta de la habitación. Evan se sentía cada vez peor. Siempre que trataba de acercarse a las mujeres se comportaba como un idiota.

—Tú no mentirías —dijo Lydia.

Ella tenía razón. Lydia dejó a Jasmine en su parque. La niña gateó entre sus cosas hasta que encontró a su ovejita de peluche y se sentó con el pulgar en la boca. Evan pensó lo cerca que había estado de hacer esa imagen realidad. Tan solo dos palabras podían cambiarlo todo. Unas palabras que significaban todo para Lydia. Unas palabras que habían arruinado su vida en el pasado.

Le había llevado mucho tiempo olvidar a Shanna. Pero había salido fortalecido de su primer matrimonio. Y había decidido seguir su propio camino.

—Ya te dije que el amor es un mito.

—Lo sé —apuntó Lydia—. Creí que podría hacerte cambiar de opinión.

—Encanto, sé que quieres que diga esas palabras. Pero me preocupo por ti más de lo que nunca me ha importado ninguna otra mujer. ¿No es suficiente?

Lydia se mordió el labio. Evan creyó que si podía llevarla a la cama, podría convencerla para que se quedara. Estaba dispuesto a hacer cualquier cosa para romper el muro que los separaba.

—No, no es suficiente. Acepté una vez y no voy a volver a hacerlo.

—Conmigo sería diferente —señaló Evan.

—Los dos merecemos algo mejor, Evan. Si no soy tu media naranja es mejor que esperes a que aparezca.

Lydia salió de la habitación. Tras ella dejaba a Jasmine y al hombre que, pese a todos sus esfuerzos, no había resultado ser su príncipe azul.

—¿Vas a volver a huir, Lydia? —espetó Evan con desprecio.

—No estoy huyendo —respondió Lydia con lágrimas en los ojos.

Evan lamentó que solo lograra hacerla llorar.

—No quiero herirte, pero creo que podríamos vivir felices.

—Sin amor.

—Sí, maldita sea.

—Quiero más.

—¿Qué crees que conseguirías si dijera que te quiero? —preguntó.

Evan quería saber dónde estaba la diferencia. No era capaz de comprender cómo dos palabras podían influir tan decisivamente en sus vidas.

—Respeto mutuo, cariño… compromiso.

—Ya tenemos todo eso. Al menos yo lo veo así.

—Yo también —suspiró Lydia.

—¿Y cuál es el problema? Cásate conmigo.

Evan sabía que ella estaba sopesando la idea. Evan avanzó hasta Lydia y la besó. Quiso recordar todas las cosas buenas que tenían en común. Sus labios sabían a café. Lydia era la mujer que necesitaba para formar una familia. La besó con desesperación y ella lo abrazó con fuerza.

Lydia también lo deseaba. Había volcado toda su energía en él y se aferraba a su cuerpo con furia. Estaban hechos el uno para el otro.

–¿Lo harás? –preguntó Evan.

–¿Casarme contigo?

Evan asintió.

–Sí, Evan. Me casaré contigo…cuando seas capaz de amarme.

–Lydia, el amor es una trampa para ingenuos. Ni tú ni yo somos tan tontos.

Lydia se despegó de él y se paró en el umbral de la puerta.

–Entonces, ¿por qué me siento como una tonta?

Lydia salió del salón. La estancia se quedó vacía, sin vida. Ella había lanzado el reto. A pesar de su físico, Evan estaba paralizado. Era incapaz de decidir si debía aceptar o mantenerse firme.

Lydia oyó el timbre del teléfono y los pasos de Evan en dirección al estudio. Volvió corriendo al salón y abrazó a Jasmine, que estaba durmiendo. La niña dormiría más a gusto en su propia cuna. La idea de que Jasmine creciera en el rancho de Evan la animó un poco. Seguro que Payne la relataría un montón de historias acerca de Florida. Y todos los hombres del rancho la mimarían y cuidarían de ella. Incluso Evan, aunque él no llegara a admitirlo nunca, la querría en silencio y desde la distancia. De ese modo se sentiría protegido para el día en que Jasmine se hiciera una mujer y abandonase el nido.

A pesar de lo que Evan había sugerido, ella sabía que el amor no era una quimera. Y estaba segura de que él también era consciente de ello. ¿Qué era lo que le daba tanto miedo? Quizás no fuera incapaz de amar. Puede que no estuviera enamorado de ella. ¿Por qué habría de estarlo? Ella estaba huyendo y ni siquiera le había facilitado su verdadera identidad. No podía quedarse con él aunque la quisiera hasta que no solucionará su pasado.

Entornó la puerta de la habitación de la niña y bajó las escaleras hasta detenerse en el último escalón. Evan estaba de pie en la puerta principal. Vestido con su uniforme parecía un hombre distinto al que le había abierto la puerta de madrugada ataviado con una toalla. Lydia estaba confusa. No lograba entender la situación, pero tenía muy claro quién era ella. Por primera vez supo quién era Martine Lydia Kerr. Y le gustó lo que esa mujer representaba.

–Tengo que volver a comisaría –dijo Evan–. Hay una emergencia.

–Está bien.

–No está bien. Quería zanjar nuestra conversación.

–¿Así es como tú lo ves?

–Sí.

–Yo creí que estábamos discutiendo.

–¿Acaso importa?

–No.

Lydia no quería prolongar interminablemente una conversación tan banal. A ninguno de los dos se les daba bien ese tipo de charla.

–Ten cuidado, Evan –dijo Lydia.

Evan se acercó, tomó su cara entre sus manos y la besó. Fue un beso profundo, apasionado y muy masculino. Era su forma de expresar lo que sentía.

Aquello la llegó al alma. Ya nunca podría pensar en Evan sin pensar en ese beso. Evan se alejó antes de que ella pudiera responder.

—¡Maldita sea, mujer! —gritó—. Espero verte aquí cuando regrese.

—Estaré aquí. No pienso escabullirme en mitad de la noche. El día que decida marcharme te lo haré saber.

—Nunca quise llegar tan lejos —dijo Evan.

—Yo nunca tuve intención de provocarlo —replicó Lydia.

Evan no respondió. Dio media vuelta y se marchó. Lydia se quedó quieta y esperó a que su respiración recobrara el pulso. Era como si un huracán la hubiese atravesado por la mitad. Se les daba de maravilla herirse mutuamente. Cada uno requería del otro un imposible y ninguno parecía dispuesto a ceder. Al menos, ella no quería rendirse. No podía quedarse en un lugar en el que no era querida. Y Evan solo la aceptaría si ella cumplía todas sus condiciones.

Pero Lydia no quería someterse a sus peticiones. Aunque no había sopesado con calma la idea de aventurarse en un matrimonio con Evan sin amor, ahora estaba segura que no era eso lo que quería. Estaba convencida de que Evan la deseaba, pero quería poseerla según sus propias reglas y el matrimonio suponía reciprocidad. Nunca funcionaría si solo había amor en uno de los lados de la balanza.

Ya iba siendo hora de prepararse para la partida. Jasmine se quedaría con Evan, que la protegería y la querría. Sabía lo mucho que significaba la niña para él. Resuelta a terminar, entró en el estudio y marcó el número de su padre. No quería más intermediarios. El mayordomo contestó enseguida. Después de una breve discusión, Lydia explicó a su padre dónde había estado y le pidió un poco de dinero para regresar a casa. Accedió rápidamente. Justo antes de colgar, su padre dulcificó algo su tono.

—Te quiero, pequeña.

—Yo también te quiero, papá.

Comprendió lo mucho que su padre la quería. Siempre lo había sabido, pero resultaba reconfortante hablar con un hombre que temía desvelar sus sentimientos. Las lágrimas afloraron al tiempo que colgaba el auricular. Al salir del estudio se encontró con Payne.

—¿Te marchas?

—Sí —respondió Lydia.

—Confiaba en que te quedarías con mi chico.

—Tu hijo no quiere que me quede.

—Me cuesta creerlo.

—Bueno, querría que me quedase. Pero yo necesito algo más.

—¿Matrimonio?

—No, ya me lo ha pedido.

—¿Entonces?

—Amor.

—Sí —asintió Payne—. Siempre ha tenido dificultades con esa palabra.

—¿Por qué?

—No lo sé. Creo que tiene que ver con la muerte de su madre. Desde entonces nunca ha sido capaz de expresar sus emociones.

—¿Estaba enamorado de su primera mujer?

—Sí. A veces creo que se llevó su corazón cuando lo abandonó.

—¿La echa de menos?

—En absoluto. Pero lo dejó igual que su madre.

La explicación de Payne tenía mucho sentido.

Lydia deseaba encontrar la forma de romper el cerco que Evan había construido para protegerse, pero no sabía cómo. Estaba dispuesta a quedarse si existiera alguna posibilidad de que Evan llegara a amarla algún día, pero no podía asegurarlo. Se había mostrado muy rotundo.

El giro postal con el dinero llegaría por la mañana y podría marcharse. Tendría que buscar a alguien que se ocupara de Jasmine. Evan tendría que ir a trabajar. Quería asegurarse de que su pequeña estaba en buenas manos, ya que ella no podía hacerse cargo de ella. Todavía no se había ido y ya los echaba de menos, más de lo que había añorado su antigua vida en la ciudad.

Capítulo Doce

Lydia se sintió mejor cuando Charlotte se despidió. Había invitado a su amiga del Centro Social a cenar mientras Payne se reunía con los hombres del rancho en el barracón. Debido al horario de trabajo de Evan iba a necesitar a una canguro que se ocupara de Jasmine fuera del horario de la guardería. Lydia no quería sentirse culpable por ocuparse de Jasmine antes de decirle a Evan que se marchaba. Solo trataba de buscar lo mejor para la niña.

En el fondo, sabía que él apreciaría su interés hacia Jasmine. Y ella no podía marcharse hasta que la pequeña no estuviera en buenas manos durante las horas de trabajo de Evan. Charlotte se las había apañado para tener la siguiente semana libre y así poder ocuparse de la pequeña. También se había comprometido a ayudar a Evan a buscar una canguro de confianza.

Ahora la casa estaba tranquila. La luna se elevaba sobre el tejado del establo. En la distancia se oía al ganado y las voces de los rancheros que regresaban de pasar un rato en el pueblo. Evan aún no había vuelto y era casi medianoche. Su trabajo resultaba extenuante. Tenía que estar a disposición de todo el mundo en cualquier momento. Estaba hecho de una pasta especial y la idea de abandonarlo le rompía el corazón. Pero no podía quedarse. Las luces de unos faros iluminaron la ventana y una camioneta se detuvo frente a la puerta de servicio.

Ya estaba en casa. Lydia se acostó a toda prisa y se tapó hasta la barbilla. ¡Qué tontería! Era imposible que Evan la hubiera visto levantada. Escuchó pasos en el pasillo. La puerta de la habitación de Jasmine chirrió levemente y Lydia imaginó a Evan dando un beso de buenas noches a la niña. De pronto, los pasos se pararon frente a su puerta. El pomo giró y una figura de hombre se recortó contra la luz del pasillo. Lydia sabía que no tenía sentido quedarse con alguien que no la quería, pero la expresión de Evan le llegó al alma. Tenía que hacer un último intento y tratar de llegar hasta él.

Pensó que si le hacía el amor una vez más, Evan comprendería hasta que punto sus sentimientos eran profundos y verdaderos. Lydia apartó la colcha y se movió hacia un lado para dejar un sitio libre. Evan se quitó las botas, el sombrero y el cinturón. Pero se paró y pareció dudar. Verlo vacilar conmovió a Lydia. Ahora él se sentía tan inseguro como ella.

–Ven aquí y déjame que te haga el amor –dijo Lydia.

Evan terminó de desnudarse y se quedó de pie, iluminado por la luz de la luna. Era todo un hombre. Lydia deslizó su mirada de arriba abajo. Estaba tenso y ella quiso acariciar su cuerpo. Solo pensaba en hacerlo disfrutar. Lydia se puso de rodillas y tendió la mano hacia él. Evan avanzó muy lentamente. El pulso de Lydia se aceleró. Sabía que estaban en una especie de cortejo previo. Algo que tanto ella como Evan necesitaban. Lydia ya no tenía una actitud pasiva y ahora se enfrentaban de igual a igual. Evan se paró frente a ella y

Lydia recorrió con sus dedos los músculos de su estómago. Evan se estremeció.

–¿Tienes cosquillas? –preguntó Lydia.

–No.

Su voz era como la lluvia en un día caluroso y Lydia la recibió con alegría. Se inclinó sobre él y permitió que sus labios siguieran el camino que habían marcado sus dedos. Fue subiendo desde el estómago hasta el cuello besando su cuerpo con los labios. Su piel era cálida y sabía a sal. Mordió con ternura uno de sus pezones y Evan emitió un silbido entre dientes. Lydia quería entregarse a fondo.

–Túmbate –dijo y Evan obedeció–. Dobla las rodillas.

Lydia se giró sobre sus rodillas y lo miró. Evan tenía un cuerpo maravilloso. Se quitó el camisón y lo arrojó al suelo. Se sentó a horcajadas sobre él y echó los hombros hacia atrás para que Evan la admirase. Luego se tumbó encima.

–Quiero descubrir a qué sabes –murmuró Lydia.

–Quiero que lo descubras –gruñó Evan.

Lydia lo besó y saboreó la esencia de su masculinidad. Evan la sujetó del pelo y luego sus manos se deslizaron sobre su piel hasta sus pechos. Utilizó dos dedos para pellizcar sus pezones suavemente. El tacto de sus manos sobre su piel hacía que Lydia se sintiese voluptuosa. Ella lo besó intensamente, apasionada. Él la atrajo hacia sí y sus manos recorrieron su espalda y sus caderas. Finalmente, introdujo dos dedos en el corazón de su feminidad. Lydia separó las piernas para facilitarle el acceso a sus más íntimos secretos. Evan la conminó a que acompañara su movimiento con las caderas. Entonces sus miradas se encontraron.

–¿Ahora? –preguntó Lydia.

–Ahora.

Con un solo movimiento, la penetró profundamente. Entrelazaron las manos y se apretaron con furia. Lydia apoyó la cabeza en su hombro y Evan la besó en el cuello. Ella notó todo su cuerpo en tensión. Una corriente eléctrica la recorrió anunciando el final. Levantó la cabeza. Se miraron al tiempo que sus cuerpos se movían sincronizados, cada vez más deprisa. Lydia intentó ir más despacio para que ese momento no acabara nunca, pero era imposible parar. Evan soltó las manos y la sujetó por la cintura para controlar mejor sus embestidas. El movimiento era frenético y Lydia se arqueó para inmediatamente apretarse contra él con todo su cuerpo. Evan echó la cabeza hacia atrás y, con un gemido sordo, alcanzó el orgasmo.

Lydia cayó sobre él y lo abrazó, empapada en sudor, consciente de haber alcanzado una felicidad desconocida. En lo más íntimo de su ser reconocía que marcharse no sería suficiente. Nunca llegaría a compartir algo semejante con ningún otro hombre. Estaba segura de que después de la forma en que se habían entregado el uno al otro Evan podría desvelar sus más profundos secretos.

–Te quiero –dijo Lydia.

Solo obtuvo el silencio por respuesta.

A la mañana siguiente Evan se arrastró fuera de la cama. Lydia se dio la vuelta y fingió estar dormida. Las lágrimas la quemaban por dentro. Sabía que había apostado todo a la carta del amor y había perdido. Era bueno saber que esa mañana tendría el dinero y podría regresar a casa. Escuchó cerrarse la puerta de la habitación. Al instante se sentó en la cama. Tan pronto como Evan se fuera a trabajar ella haría las maletas y emprendería el camino de regreso. Ya no había nada que la retuviera allí.

Jasmine empezó a llorar y fue a ver qué pasaba. La niña tenía la cara roja y lloraba con todas sus fuerzas. En ese momento no había nada más importante en el mundo que sus necesidades. La acunó y la calmó. Eso también la calmó a ella. Una buena parte de su corazón siempre pertenecería a Evan Powell. Pero sabía que podría llegar a sentir el mismo amor por otro bebé que no fuera Jasmine. Le había enseñado muchas cosas acerca de sí misma. Le cambió de pañal y bajaron juntas a la cocina para desayunar. Había dos tazones de cereales vacíos en el fregadero y Lydia supuso que Evan y Payne ya habrían desayunado. Peló un poco de fruta para Jasmine.

Alguien llamó a la puerta. Lydia, con Jasmine en brazos, salió a abrir. Se sorprendió al ver a su padre. Estaba pálido y sin resuello, pero tan elegante como siempre vestido con traje. La extrañó ver a Paul, su antiguo prometido. No había querido volverlo a ver después del desagradable incidente del apartamento.

–Hola –saludó Lydia.

Estaba encantada de ver a su padre. No se había dado cuenta de lo mucho que lo echaba de menos. Se abalanzó sobre él y lo abrazó con el único brazo que tenía libre. Su padre la acogió con ternura.

–Gracias a Dios que estás bien –señaló su padre.

–Lamento haberte preocupado. Estás muy pálido. ¿Te encuentras bien?

–Estoy bien. Y estaré mucho mejor cuando vuelvas a casa conmigo.

–Todo esto resulta conmovedor, pero ¿qué está pasando aquí, Lydia? –intervino Paul–. ¿De quien es ese bebé?

–Deberíamos entrar y discutirlo –sugirió el padre de Lydia.

–Claro, entrad. ¿Puedo ofreceros algo de beber?

Paul y su padre negaron al unísono con la cabeza.

Entraron y Lydia los hizo pasar al salón. Confiaba en que Evan se hubiera marchado a la comisaría y que no estuviera en el rancho ayudando a su padre. La situación podía resultar muy embarazosa.

Su padre necesitaba ir al servicio y le indicó el camino. Jasmine estaba inquieta y Lydia la dejó en el parque para que jugara. Confiaba en que su huida no hubiera afectado seriamente la salud de su padre.

–¡Qué escena tan bonita! Espero que no te sientas muy unida a esa niña –indicó Paul.

–¿Por qué?

–No estoy dispuesto a ejercer de padre por el momento. Solo me caso contigo para consolidar mi posición en la empresa de tu padre. He trabajado muy duro para esto.

–Paul, no voy a casarme contigo. Ya te lo dije antes de irme.

–He volado hasta aquí con tu padre como el perfecto enamorado –dijo Paul–. Solo tienes que interpretar tu papel y los dos saldremos beneficiados. Ya no tienes elección a estas alturas de la partida.

–Sí la tiene –bramó su padre desde la puerta.

–¡Señor! Creo que no me he expresado con claridad –se excusó Paul.

–Ya lo creo que sí. Y tienes mucha razón. Has trabajo mucho para lograr un ascenso, pero los ejecutivos de mi empresa deberían ser más considerados. Tenemos buena reputación entre nuestros clientes y no estoy seguro de que lo entiendas.

–Lo entiendo perfectamente, señor.

–¿Por qué no vuelves al aeropuerto? Hablaremos el lunes a primera hora.

Paul se marchó a toda prisa. Lydia encaró a su padre sin saber qué decir. Estaba dispuesta a pelear para hacerlo entrar en razón, pero ahora ya no sería necesario. Y ella no quería enfrentarse a él. Necesitaba su cariño y su apoyo.

–Lydia, ¿quién ha venido? –preguntó Evan desde la cocina.

–Mi padre.

Evan entró en el salón. Lydia vio juntos a los dos hombres a los que más quería. Los dos eran hombres acostumbrados a mandar.

–Papá, te presento al sheriff Evan Powell. Evan este es mi padre, Martin Kerr.

Los dos hombres se estrecharon la mano. Si bien todo transcurría con total normalidad, a los ojos de Lydia eran dos caballeros a punto de entrar en combate. La tensión podía cortarse con cuchillo. Lydia estaba jugueteando nerviosa con el anillo de zafiro que su padre la había regalado al cumplir dieciséis años. Sabía que tenía que decir algo para romper el hielo, pero estaba sin palabras.

Solo podía pensar en que era la hora de partir y eso era lo último que deseaba hacer. Miró a Evan a la cara en busca de alguna señal, pero su expresión no revelaba nada. Sus ojos eran fríos como el acero y su lenguaje corporal no presagiaba nada bueno. Lydia procuró enfriar sus emociones porque eso era lo último que necesitaba. Fue a buscar a Jasmine y la aupó. Ella era su escudo en ese momento. Su padre, que tenía mucha experiencia en los negocios, estaba interesándose por el rancho. Preguntaba a Evan si resultaba rentable en esos tiempos.

La antigua Lydia, acobardada, se hubiera escabullido escaleras arriba. Hubiera llevado las maletas al porche la noche anterior y a esas horas ya habría recorrido la mitad del camino. Pero la nueva Lydia era decidida y valiente. Sabía que merecía una oportunidad para ser amada y vivir feliz. Sentía que su corazón se partía y que ya nunca nadie podría recomponerlo.

—¿Estás lista, hija? —preguntó su padre.

—¿Te vas? —farfulló Evan.

—Ya estoy cansada de huir. Vuelvo a casa —anunció Lydia.

—¿Y qué pasa con Jasmine?

—Le he pedido a Charlotte que se ocupe de ella —dijo Lydia—. Llegará a las diez de la mañana.

Su padre asistía a la escena en silencio. Había muchas cosas que Lydia se callaba. No podía confesarlas después de lo ocurrido la noche anterior.

—Lydia, ¿podría hablar un segundo contigo en la otra habitación?

—Claro. Papá, ¿te importaría vigilar a la niña un momento?

Su padre asintió. Lydia siguió a Evan y rezó para ser capaz de contener sus emociones frente a él. Ella había abierto su corazón y ahora era muy vulnerable.

Después de la última noche, Evan había sabido que ella no se quedaría. Una cierta tristeza había invadido su persona cuando había confesado que lo amabá y él había sido incapaz de responder. Eso no quería significar que no sintiera nada por ella. Muy al contrario, le importaba mucho. Pero admitir algo así era veneno para un hombre. Las palabras eran un mito en el que algunos creían por encima de todo, pero no bastaban para hacer funcionar un matrimonio. El amor no sobrevivía a la rutina diaria. La sinceridad, el respeto y el cariño eran los pilares de una relación sólida.

Sabía que no podía pedirle a Lydia que se quedase, pero eso era lo que anhelaba. Evan podía sentir que Lydia necesitaba confiar en él. Pero todavía creía que ella nunca sería feliz criando a una familia en un pequeño pueblo de Florida. Si bien entendía las razones de Lydia para marcharse, Evan se preguntó hasta que punto su amor era verdadero si estaba dispuesta a irse con su padre a la primera oportunidad. Su padre parecía un hombre rico y poderoso. Eso confirmaba su primera impresión. Lydia no estaba a su alcance.

Los lazos emocionales solo generaban problemas. No importaba lo mucho que hubiera disfrutado haciendo el amor con ella, cabalgando a medianoche por los terrenos de sus antepasados o viéndola cuidar de Jasmine. Era temporal. Pero ella había burlado sus defensas y ahora él tenía que pagar el precio. Había supuesto que Jasmine la habría hecho cambiar de opinión.

−¿Tu apellido no es Martin? −preguntó Evan.

−Bueno, no…sabías que te había dado un nombre falso.

−Sí, lo sabía. ¿De qué estás escapando ahora? −se ensañó Evan.

Ese comentario era muy injusto. Lydia nunca se había comprometido a quedarse, pero el se sentía como si un toro manso lo hubiera embestido a traición.

–No estoy huyendo. Estoy buscando una razón para quedarme –dijo Lydia con serenidad y sin perder el control.

–¿Crees que la encontrarás en casa de tu padre, sea donde sea?

–Vivimos en Manhattan. Y tú no me has dado ninguna razón para quedarme.

–¿Por qué ha aparecido tu padre hoy? –preguntó Evan.

–Lo llamé para que me enviara dinero. Supongo que localizó la llamada.

–¿Por qué has decidido marcharte? Jasmine te necesita.

–Necesita a una madre y a mí me encantaría ocupar ese puesto. Pero seguro que encontrará alguien que la quiera.

Los ojos de Lydia estaban llorosos. Evan sabía que no resultaba fácil para ella abandonar a la niña. ¿Por qué razón no podía quedarse? ¿Por qué tenía que ser tan cabezota? Ellos compartían muchas más cosas que la mayor parte de las parejas.

–Solo una mujer especial puede ocuparse de ella y no creo que nadie llegue nunca a sentir por Jasmine lo que tú sientes.

–Jasmine significa mucho para mí. La quiero y nada me gustaría más que ser su madre. Pero tú vas a ser el padre, Evan. Y yo creo que los padres deberían quererse.

–¡Diablos!

Lydia se acercó y llevó su mano hasta su rostro. El contacto de su piel trajo un aluvión de memorias, recuerdos y sensaciones a su cabeza. Evan deseaba poder creer en el amor. Lydia lo merecía por encima de todo.

–¿No lo entiendes, Evan? Necesito algo que tú no puedes darme y eso acabaría separándonos.

–Dos palabras.

–Es más que eso.

–Desde mi punto de vista no lo es.

–Entonces no tenemos nada más que decirnos.

Lydia dio media vuelta y salió.

–No te vayas –dijo Evan furioso e inmediatamente se arrepintió.

–Dame una buena razón para quedarme. Déjame oír esas dos palabras.

Evan sabía que si las pronunciaba ella se quedaría. Pero no podía. Hacía mucho tiempo que había dejado de creer en el amor y ahora era demasiado tarde para empezar.

–Cásate conmigo.

–Esas no son las palabras. No me casaré sin amor.

Lydia se marchó y a Evan le hirvió la sangre. Estaba furioso con ella y con él. No podía acostumbrarse a ver cómo Lydia se alejaba. Dejó escapar toda la rabia que acumulaba en su interior.

–Escapar no es la solución, encanto –gritó.

Lydia se detuvo en el pasillo y lo miró por encima del hombro.

–¿Y cual es?

–No lo sé. Pero una mujer de verdad se quedaría y lucharía por su familia.

Lydia ya no pudo retener las lágrimas y se alejó en silencio. Evan decidió borrarla de su recuerdo a pesar de lo que sentía. La había herido en lo más profundo. El padre de Lydia le dirigió una mirada gélida mientras seguía a su hija hasta el coche para salir de su vida para siempre. Evan dio una patada a la vitrina en la que guardaba las armas y rompió el cristal.

La casa se había quedado vacía y en silencio. Incluso Jasmine estaba callada. Evan sabía que su vida había recuperado su antiguo curso. Pero era consciente de lo que había perdido en el camino.

Capítulo Trece

Lydia y su padre volaron en el avión privado de la compañía después de arreglar los papeles para que llevaran su coche a un taller de Nueva York. Su padre parecía cansado y Lydia no podía dejar de pensar en él. Tan pronto como ganaban altura, su padre solía trabajar en su portátil, hablaba por teléfono y enviaba mensajes por fax. El avión era una especie de oficina aérea. Pero ese día se sentó y se quedó pensativo.

—Lamento que las cosas no funcionaran con Paul. Hubiera sido un buen marido.

—¿Qué te hace pensar eso, papá? Paul no me quería.

—El matrimonio no tiene nada que ver con el amor.

—¿Acaso no quisiste a mamá?

—Tu madre era mi compañera y la luz de mi corazón, pero muchas bodas son la consecuencia de un buen negocio.

—Ahora no es así.

—Ocurre más de lo que imaginas.

—¿Te importa mi felicidad, papá? —preguntó Lydia.

—Más que mi propia vida —respondió Martin con sinceridad.

—Entonces deja que siga soltera hasta que encuentre al hombre de mis sueños.

—Necesito saber que estás casada antes de morirme.

—¿Por qué dices eso?

—Podría ocurrir, querida.

Era la primera vez que su padre admitía su debilidad y eso la asustó. Se sentó junto a él.

—Algún día —aceptó Lydia, pero él no respondió—. ¿Algo va mal?

Su padre siguió en silencio.

—Papá, pienso llamar al doctor Griffin en cuanto aterricemos. Sabes que me contará todo acerca de tu salud.

—No lo hará —dijo Martin y tomó la mano de su hija entre las suyas—. Me estoy muriendo.

El hecho de que su padre confirmara sus sospechas la dejó paralizada. Comprendió que su padre solo había intentado protegerla.

—¿Esa es la razón por la que insistías tanto en casarme?

—Sí.

—¿No pensaste que preferiría estar a tu lado? ¿Y si te hubiera ocurrido algo mientras yo estaba en Florida?

—Había contratado a un detective. Estábamos a punto de dar contigo.

Su padre estaba muy tranquilo aunque el miedo se reflejaba en el fondo de sus ojos.

—¿Qué tienes?

—Un tumor cerebral.

—¿No pueden darte tratamiento?

—Es demasiado tarde.

—¿Cuánto tiempo te han dado?

—Seis meses a partir de abril.

—Pero eso te deja solo un par de meses.

—Cielo, prefiero no contar los días. Solo deseo que no te quedes sola. Necesito tener la seguridad de que eres completamente feliz antes de dejar este mundo.

–¿Crees que un matrimonio sin amor serviría?

–Al menos te proporcionaría cierta seguridad y la compañía seguiría siendo rentable.

–Papá, no voy a casarme con un hombre al que no quiero.

–Creí que ya habías encontrado a uno.

–Yo también.

–Escuché lo que Evan te dijo, cariño. Tenía razón. Deberías haberte quedado con él.

–Pero él no me ama. Esa fue la razón por la que huí de Manhattan.

–¿Quién dice que no te quiere?

–Nunca me lo ha dicho.

–¿Cómo se ha portado contigo?

Evan siempre la había tratado con respeto y cariño. Había confiado en ella y la había animado a que se integrara en la comunidad. Y había permitido que se hiciera cargo de Jasmine. Le había enseñado lo que significaba ser una mujer y la había ayudado a echar raíces.

–Creí que me quería, pero es incapaz de decírmelo.

–Yo nunca le dije a tu madre que la quería. Ahora lo lamento, pero entonces creía que hacerlo era un signo de flaqueza. Cuando supe que aquel avión se había estrellado, esas palabras resonaron en mi cabeza. Pero ya era demasiado tarde.

–¿Qué intentas decirme?

–Un hombre fuerte siempre tiene sus puntos débiles. Puede que nunca los admita o que tú no los notes. Pero la realidad es que ese hombre te ha pedido que te quedes.

–Por el bien de la niña –respondió Lydia.

–¿Crees en serio que esa es la única razón?

151

Lydia se paró a pensar en ello. Su padre se estaba muriendo, la vida era corta. Nunca iba a encontrar otro amor porque lo que sentía por Evan la consumía por dentro y ya formaba parte de todo su ser. Se había marchado de allí convencida de que nunca más volvería a amar, pero ahora la situación había cambiado.

Sabía que no podría quedarse en Manhattan. Nada la retendría allí. Ella pertenecía a Placid Springs. Era una mujer fuerte. Y lucharía por su hombre.

–Papá, ¿qué te parecería regresar a Florida?

Su padre sonrió y llamó al piloto por el interfono.

–Charles, los planes de vuelo han cambiado. Llévanos de vuelta a Florida.

–Sí, señor.

Lydia sonrió a su padre y lo abrazó con ternura. Era la primera vez que se hablaban con tanta sinceridad.

–Te quiero, papá.

–Yo también te quiero.

–Confío en poder convencer a Evan para que diga que me quiere.

–Si alguien puede, esa eres tú.

La niña había empezado a llorar tan pronto cómo Lydia y su padre habían salido por la puerta. Evan la levantó en volandas y la miró a los ojos.

–Bueno, ahora estamos solos tú y yo.

–Se ha ido, ¿verdad? –dijo Payne desde la puerta.

–Ha decidido marcharse.

–¿Por qué?

–Por culpa de dos palabras.

—¿Qué palabras?

—Papá, no quiero hablar del tema. ¿Puedes hacerte cargo de Jasmine mientras subo a cambiarme?

—No.

—Creí que deseabas tener nietos.

—También quiero una hija.

—Aún estás a tiempo de engañar a la viuda de Jenkins. Tiene tres hijas.

—Yo pensaba en Lydia.

—Me temo que no somos su tipo.

—¿Acaso te ha mirado por encima del hombro?

—¿Qué?

—Nunca hubiera pensado que fuera la clase de chica arrogante con aires de superioridad que desprecia a los trabajadores como nosotros.

—Lydia no es así. Está acostumbrada a llevar un ritmo de vida que yo no puedo proporcionarla. Es mejor que haya regresado a casa.

Payne no dijo nada. Evan se quedó mirando a su padre en el incómodo silencio que se había adueñado de la habitación. Su vida iba a ser fría y solitaria otra vez.

—Papá…pa

Evan miró a Jasmine. Llegaría a ser su hija legalmente, pero ya había conquistado su corazón. Un corazón en el que también se había instalado Lydia. Puede que no hubiera reunido el valor suficiente para decir las palabras, pero conocía la verdad. Miró de nuevo a Jasmine e hizo frente a sus temores. No haber admitido que la amaba no había simplificado las cosas. Lydia significaba mucho para él.

—Papá, creo que voy a tener que ir a Nueva York.

—¡Por fin! Yo cuidaré de la niña mientras haces las maletas y reservas un vuelo.

–Ni siquiera sé dónde vive.

–Ya la encontrarás. Recuerda que te entrenaron en el FBI.

–Nunca pensé que volvería a usar sus métodos.

Lydia hizo que su padre la dejara a la entrada del camino y empezó a caminar hacia el rancho. Era el mismo trayecto que había recorrido la noche del accidente, pero esta vez no tenía miedo. Su padre iba a ir hasta Deerfield Beach para saludar a la tía Gracie que ya había regresado de París.

Apenas habían transcurrido unas horas desde que se había marchado, pero le parecían una eternidad. Por nada del mundo quería volver a separarse de ellos tanto tiempo. Llegó hasta el porche y los perros de Evan acudieron a recibirla. Daban vueltas a su lado y le lamían las piernas.

–Bueno, al menos hay alguien que se alegra de verme.

Se quedó mirando la puerta de madera. Tenía miedo de llamar, pero sabía que era la oportunidad de su vida. Subió las escaleras y llamó antes de que el pánico se apoderase de ella. No se oyeron pisadas, pero la puerta se abrió y apareció Evan. Llevaba el torso desnudo, estaba mojado y una toalla alrededor de la cintura era su única protección.

–¡Lydia!

Parecía asombrado y su mirada reflejaba incredulidad. Lydia sabía que no podía adivinar qué era lo que cruzaba su mente en esos momentos. Tuvo que reunir todo su valor para no salir corriendo y escapar por donde había venido. No soportaría que Evan la rechazase una vez más.

–Evan.

–Has vuelto.

–He decidido que tenías razón. Estoy aquí para luchar por mi familia y no pienso marcharme.

–No tienes que luchar por nosotros.

–No pienso volver a Nueva York –dijo Lydia.

–Claro que sí.

–He dicho que no.

–Pero tu sitio está allí.

–Mi sitio está junto a ti, Evan.

–¿Estás segura, cielo?

–Sí. Y pienso convencerte de que dos palabras no te van a convertir en una persona más vulnerable.

–Que no se hayan pronunciado no quiere decir que no se sientan.

–¿Y eso qué quiere decir? –preguntó Lydia.

Evan farfulló algo incomprensible. Lydia se acercó con el corazón en un puño.

–Te …te…quiero –murmuró Evan.

Lydia sonrió y sintió un enorme gozo. Evan la abrazó con tanta fuerza que apenas podía respirar. La besó en la frente, en la mejilla y en la boca.

–Yo también te quiero –dijo Lydia extasiada.

–No creo que pueda decírtelo muy a menudo, pero te aseguro que las siento.

–¿Qué te ha hecho cambiar de opinión?

–Tu marcha. Me decía una y otra vez que no podía quererte porque solo era temporal, pero me estaba engañando. Sin ti me siento vacío.

–¿Dónde está Jasmine?

–Con mi padre, en la feria de ganado.

–Entonces, ¿estamos solos?

Evan la tomó en brazos y subió al dormitorio. Lydia supo que había encontrado el verdadero amor y un refugio en el que vivir. Y Evan representaba ambas cosas.

Epílogo

Un año más tarde, Evan y Lydia eran padres por primera vez. Tanto su padre como Payne habían acudido al hospital donde Lydia había dado a luz a Andy. Jasmine no parecía muy contenta con el nuevo hermanito y no se despegaba de Evan. Él no se cansaba de repetirla que tanto mamá como papá tenían suficiente amor para los dos. Evan había comprobado que las palabras de las que tanto había recelado le resultaban cada día más familiares. Lydia había tenido buena parte de culpa en el proceso. Seguía trabajando tres días en semana en el Centro Social y todo el pueblo había seguido su embarazo como un acontecimiento. Cuando Lydia había confesado que se sentía algo incómoda al carecer de la más mínima intimidad, Evan le había sugerido que se mudaran a Manhattan. Pero ella sabía que no podía vivir en otro sitio que no fuera Placid Springs.

Martin estaba pálido y demacrado, pero seguía en pie. Evan se había pasado las últimas tres noches perdiendo al ajedrez con su suegro. Martin había desafiado al cáncer durante todo un año, pero todos sabían que era cuestión de tiempo.

Evan lo echaría de menos. Sabía que no podía hacer nada, pero le estaba agradecido por lo que había hecho. Si no se hubiera empeñado en casar a Lydia a cualquier precio, ella nunca habría huido de Manhattan y no se habría empotrado directamente contra su corazón.

Acepte 2 de nuestras mejores novelas de amor GRATIS

¡Y reciba un regalo sorpresa!

Oferta especial de tiempo limitado

Rellene el cupón y envíelo a

Harlequin Reader Service®
3010 Walden Ave.
P.O. Box 1867
Buffalo, N.Y. 14240-1867

¡Sí! Por favor, envíenme 2 novelas de amor de Harlequin (1 Bianca® y 1 Deseo®) gratis, más el regalo sorpresa. Luego remítanme 4 novelas nuevas todos los meses, las cuales recibiré mucho antes de que aparezcan en librerías, y factúrenme al bajo precio de $2,99 cada una, más $0,25 por envío e impuesto de ventas, si corresponde*. Este es el precio total, y es un ahorro de más del 10% sobre el precio de portada. ¡Una oferta excelente! Entiendo que el hecho de aceptar estos libros y el regalo no me obliga en forma alguna a la compra de libros adicionales. Y también que puedo devolver cualquier envío y cancelar en cualquier momento. Aún si decido no comprar ningún otro libro de Harlequin, los 2 libros gratis y el regalo sorpresa son míos para siempre.

416 BPA CESK

Nombre y apellido	(Por favor, letra de molde)	
Dirección	Apartamento No.	
Ciudad	Estado	Zona postal

Esta oferta se limita a un pedido por hogar y no está disponible para los subscriptores actuales de Deseo® y Bianca®.
*Los términos y precios quedan sujetos a cambios sin aviso previo.
Impuestos de ventas aplican en N.Y.

SPD-198 ©1997 Harlequin Enterprises Limited

Talbot McCarthy era un hombre sexy, un empresario de éxito y el único capaz de desatar la pasión de Elizabeth. Pero, por desgracia, también era el hermano de su ex marido. Se sentía tan atraída por Talbot que, durante nueve años, Elizabeth había evitado a toda costa encontrarse a solas con él. Pero cuando su hijo desapareció y Talbot le ofreció su avión privado para llevarlo de vuelta a casa, no le quedó más remedio que enfrentarse cara a cara con la tentación.

Había conseguido ser fuerte hasta que un accidente con el avión los dejó indefensos en mitad de un bosque. A la luz de la hoguera, Talbot le parecía más irresistible que nunca y su mirada más penetrante. Perdidos y solos, Elizabeth no podía dejar de pensar cómo podría no sucumbir a la tentación...

En sus brazos

Carla Cassidy

PÍDELO EN TU PUNTO DE VENTA

El famosísimo Julian Ashby solo deseaba que las mujeres lo dejaran tranquilo, mientras que Dixie Kingston necesitaba que alguien la ayudase a dar un pequeño empujón a su incipiente carrera de actriz. Juntos trazaron el plan perfecto para cumplir sus respectivos deseos.

Sin embargo Hank, el hermano y manager de Julian, y Chloe, la hermana de Dixie, no estaban tan encantados con el plan; ¡Hank se había enamorado de Dixie y Chloe solo tenía ojos para Julian!

Mientras Julian y Dixie siguieran empeñados en mantener el secreto de su falso noviazgo iba a ser muy difícil juntar a las dos parejas.

PÍDELO EN TU PUNTO DE VENTA

La relación del doctor Marshall Irwin y su enfermera Aimee Hilliard iba viento en popa; estaban locamente enamorados el uno del otro...

Pero de la noche a la mañana la vida de Aimee se convirtió en un desastre al arruinarse por completo. No podía confesar su situación a Marshall porque sabía que él trataría de ayudarla y, tras su primer matrimonio, Aimee había jurado no volver a depender económicamente de ningún hombre. Se encontraba en una terrible encrucijada: corría el riesgo de perder su independencia o al hombre al que amaba...

¿O acaso había una manera de conservar ambas cosas?

Corazón libre

Lilian Darcy

PÍDELO EN TU PUNTO DE VENTA